# 呪家百夜

沫
筆者

※本書は体験者および関係者に実際に取材した内容をもとに書き綴られた怪談集です。体験者の記憶と主観のもとに再現されたものであり、掲載するすべてを事実と認定するものではございません。あらかじめご了承ください。

※本書に登場する人物名は、様々な事情を考慮してすべて仮名にしてあります。また、作中に登場する体験者の記憶と体験当時の世相を鑑み、極力当時の様相を再現するよう心がけています。今日の見地においては若干耳慣れない言葉・表記が記載される場合がございますが、これらは差別・侮蔑を助長する意図に基づくものではございません。

第一夜

# 紐

筆者

真夜中、須藤氏は人の話し声で目が覚めた。

不鮮明でどこから聞こえる声なのか分からず、そっと身を起こす。

手探りで照明の紐を探す——が、何故か何にも触れない。どころか手が闇を切る度に、曖昧な会話は嘲笑へと変わる。

須藤氏が動揺を起こし掛けたその瞬間、「ほら」と鮮明な声が耳元で聞こえた。

と同時に、照明の紐の先端に付いているマスコットが頭にこつりとぶつかった。

# 目次

第二夜　雨に濡れない場所

雨の日になると、我が家の玄関先に傘をさした男の子が立つと近所で噂されている。

本庄家の人々はそれを見た事は無いのだが、雨の日に玄関のドアを開けると、確かに玄関の外のとある一画だけ、雨に濡れていない場所がある。

筆者

第三夜　開けてはいけない

珠美さんはある時、家の仏間一杯に人がいるのを見た。

全員が喪服で、仏壇の方を向いて顔を伏せている。

突然真横から手が伸びて来て、仏間の戸を勢い良くぴしゃりと閉めた。

閉めたのは母で、「余計な所開けちゃ駄目でしょう」と怖い顔で言う。

見れば目の前は壁で扉など無かったし、そもそも家に仏間は存在していなかった。

筆者

第四夜　受験勉強

沫

健悟さんが中学の頃、兄が亡くなった。

隣の部屋の自室で、明け方にひっそりと心臓発作で亡くなっていたのだ。

兄は少し上のランクの大学を目指しており、過度の受験勉強が祟ったせいだと思われた。

そして数年後、次は健悟さん自身の受験勉強で忙しくなっていた。狙った訳ではないが、兄と同じ大学を狙っていた。

そうして真夜中どころか明け方近くまで勉強をしていると、時折、兄の部屋からトイレに行って戻る謎の足音が聞こえるようになった。

最初は気のせいだと自分に言い聞かせてはいた。

だがある明け方の事、いつも通りの足音が聞こえ、それが兄の部屋へと戻った後、「寝ろ！」と壁を叩かれそう怒鳴られた。

大学はランクを下げ、無事に合格した。以来、兄の足音は聞こえて来る事がなかったが、就職が決まり家を出る事となった時、一度だけ隣室の壁が叩かれた。

多分あれは「行って来い」の合図だと思う。健悟さんは同じように壁を叩き返した。

第五夜

## 新しい地

祖父から受け継いだ土地に家を建てた。するとその沼田家の縁側を、見知らぬ人が歩くようになってしまった。

家族の誰もがそれを目撃しているが、見掛けはどれも全く違う人ばかりなのだ。

筆者

第六夜

## 心当たり

「私のお姉ちゃんどうして死んじゃったの？」

と、六歳になる娘が聞いてきた。一つ心当たりはあった。

仁奈さんは娘が生まれる二年前に子供を一人流産している。だが、娘がその事を知る筈が無い。

不思議に思い、なぜ知っているのかと逆に聞いてみた。

「家にいる黒い帽子のおじちゃんがそう言ってたの」

そっちには心当たりが無かった。

筆者

## 第七夜　鈴の音

沫

突然家中で鈴の音が鳴り響いた。

それはかなりの量の鈴の音だった。一体どこから鳴っているのかすら分からない程に、家中の至る所からその音が聞こえて来た。

その時、恵麻さんは一階の居間にいた。妹と一緒にテレビを観ていたのだ。

突然の出来事に、恵麻さんと妹は隣室にいた祖母の所に駆け寄る。すると祖母は「すぐ止むから」と言って恵麻さん姉妹を勇気付けた。

やがて本当にその音は止んだ。恵麻さんは泣きじゃくる妹の背を撫でながら、「今のは何？」と祖母に聞けば、「分からないけど、私も昔一度だけ今と同じ出来事に遭遇した事があった」と教えてくれた。

次に恵麻さんが同じ鈴の音を聞いたのは、もう四十代の半ばへと差し掛かろうとしていた頃だった。

夫も、二人の子供も、恐怖で顔を引き攣《つ》らせながら、「今の何？」と聞く。

説明こそは出来なかったが、もしかしたらまた自分の子供のどちらかが同じ出来事に遭遇する事があるかも知れないと、そう思った。

ちなみにその音を聞いた場所は、祖母の体験も含め、全て違う場所の違う家である。

# 第八夜　日曜日の朝の事

筆者

日曜日の朝の事である。

眞希さんは珈琲を飲み終え、そろそろ布団を干そうかと立ち上がった刹那。突然部屋の中が真っ暗になった。

比喩ではない。一瞬にして全く何も見えない程の暗闇となってしまったのだ。

手探りで壁まで向かい、手探りで部屋の照明のスイッチに触れる。鈍い点灯音がして部屋の中は明るくなったが、やはりカーテンを開けたベランダの窓は暗いままである。

まさか一瞬にして夜になったのかと思い窓まで近付いたのだが、どうもそれも違うようで、向かいのマンションの明かりも無ければ、街灯の光すら見えない。

何かが起きている。そう確信して眞希さんは窓を開け、外を確かめようとした。

手を伸ばす。何かに触れる。同時に触れた〝暗闇〟は、まるで蠕動するかのようにぶるりと震え、そして一瞬の後に上の階へと向かって滑るように、瞬時に消え去った。

ベランダはいつも通りの日曜の朝の光景へと戻った。

一筋の光すらも遮断するような〝生物〟の痕跡は、もう既にどこにも無かった。

第九夜　天井を見上げる

沫

幸子さんが家に帰ると、何故か家族全員が居間にいた。

しかも夕食でもないのに全員でテーブルを囲み、皆で顔を上げて天井を眺めているのだ。

「どうしたの？」聞くと同時に全員正気に戻ったかのように、めいめい散らばって行く。

幸子さんはすぐに母をつかまえ、「何があったの？」と聞く。だが母は、「何が？」と聞き返しながら台所へと消えて行く。

次に弟をつかまえ、「さっき何してたの？」と聞くが、やはり弟も母と同じで、「訳わかんねぇ事聞くなよ」と部屋に引っ込んでしまった。

良く分からない。分からないからこそ、妙に気になる。

幸子さんは居間へと戻って天井を見上げる――が、変わった所は特に無い。

皆は一体何を見ていたんだろう？　思っていると、天井裏だろう辺りからコツンと音がする。

今の何？　思うとまたコツンと来る。

「出ましたね」

急に声がして、幸子さんは跳ね上がるようにして驚いた。

気が付けば居間には家族の全員がいた。しかも皆で天井を見上げ、笑っているのである。

後にも先にも、そんな出来事は一度きりだったが、やはり家族の誰もがその時の事を覚えてはいないのだ。

## 第十夜　祖父の家

沫

涼子さんの家から高台の方へと少しだけ登った辺りに、かつて祖父が住んでいた家がある。

ある時、娘の佳恵さんが、「じじの家に誰かいるよ」と言って帰って来たのである。

涼子さんはすぐに駐在所に電話し、配属されて間もなくの若い駐在さんと共に家を見に行った。

確かにいた。磨り硝子の窓越しに中の様子がかろうじて分かるのだが、中にいる誰かが物を投げ付け、家の中を荒らしているのだ。

駐在さんは涼子さんを遠ざけ、家の戸を開けた。

するとその駐在さん、「はぁ?」と言う顔をして、中へと入って玄関を閉めてしまったのだ。

時間にして約十分程。涼子さんにとっては相当に長い時間に思えたのだが、結局駐在さんは無事に外へと出て来たし、呑気に涼子さんの方へと手招きして、「誰もいませんよ」と叫ぶのである。

恐る恐る見に行けば、確かに中には誰の姿も無かった。

どころか、家の中は荒らされている形跡すら無い。

「何があったんですか?」と駐在さんに聞けば、「いやぁ」と顔を歪ませ口ごもる。

尚も聞けば、渋々と話し始めたが、「あれは誰なのかと言うより」と前置きし、「人なのかも良く分かりませんでした」と言う。

家の中の様子は、どこかの物置だったらしい。

## 第十一夜　入居者募集中

筆者

新築マンションの一室を購入し、引っ越しをした。友基さんが買った部屋は三階だった。

やはり新居はいいなとリビングでくつろいでいると、突然窓の外に足が二本ぶら下がった。

こりゃあ出たかと思い、慌ててベランダに飛び出し上を覗いてみる。するとどうやら上の階の子供がふざけているだけのようで、下半身だけをベランダの柵から外に出し、足を揺らしながらぶら下がっていた。

危ないからやめなさいと、母親らしき怒鳴り声が聞こえた。するとその足はするりと柵の中に消え、すぐに顔が二つ現われ、母親だろう人が「ごめんなさいねぇ」と頭を下げた。

ただの悪戯だったかと胸をなで下ろしたが、どうにも腑に落ちない部分はある。ウチのベランダの手すりを見た所、どう頑張っても子供の胴体が外に出られるぐらいの隙間は無かったのだ。

翌日、外から自分の住む部屋を見上げてみた。やはり上の階の手すりも同じように幅が狭い。どころか、例え子供がそこからぶら下がったとしても、足を階下まで伸ばせるほどの距離ではなかったのだ。

管理会社に上の階の住民の事を聞いてみた。返答は、「まだ入居者は誰もおりません」だった。

それからも時折、ベランダに子供の足がぶら下がる事がある。上の階は相変わらず新築分譲のまま買い手は付いていない。

## 第十二夜　暖炉

沫

Iさんの家の居間には暖炉が備え付けられている。

見ればそこには炭もあり、火を起こせばすぐにでも使えそうな感がある。

「でももう二十年は使ってませんよ」とIさんは言う。なんでもそこに火を起こせば、突然暖炉の中で〝腕〟が暴れるのだと言う。

「腕って……腕ですか？」

「えぇ腕です」と、Iさんは笑う。

二十年前のとある冬の日。暖炉に火を入れてすぐ、火花が飛び散り、火の中で何かがバタンバタンと暴れていたのだと言う。

見ればそれは完全に人の腕で、慌てて水をかけて火を消せばもうそこには何も無い。

「なら幻だったのでは？」と聞けば、「いや、そうでもないんですよ」とIさん。

家中にタンパク質の焦げる匂いが充満したのだと言う。

「怪異より匂いの方がきつい」

なるほどなと私は思った。

以降二十数年間、暖炉は使われていない。

## 第十三夜　ブレーカー

沫

築年数が軽く五十年を超える木造の一軒家を借りた。最初は仕事場のつもりで借りたのだが、部屋数も多いし意外にしっかりとしているので、Nさんは次第にそこで寝泊まりするようになった。快適ではあったが困る部分もあった。その中の一つが停電である。

但し停電とは言っても電気の供給がストップして発生する停電ではない。単にその家のブレーカーが落ちると言うだけの事である。だがそれが頻繁に起きる為、良く仕事に差し支えた。

最初は漏電を疑った。何度か電気屋を呼んで見てもらったのだが、答えはいつも同じで、「配線ミスや漏電の類いではない」だった。「じゃあ何が原因?」と聞けば、電気屋は困った顔で、「それ以外ですね」と答える。要するにいつも埒があかないのだ。

ある日の事、夜中の作業時にブレーカーが落ちた。ブレーカーの場所は玄関横の天井近く。もう既に慣れたものなので、スマートフォンの灯りだけで移動し、ブレーカーを引き上げる。ブンと音がして灯りが戻る。さて作業に戻ろうと玄関を後にした瞬間、またしてもバチンと音がしてブレーカーが落ちた。

面倒だなぁと、暗闇の中、手探りのみでブレーカーを探り当てる。その瞬間、痛いぐらいの勢いで、伸ばした手が振り払われた。

それは明らかに人の掌の感触であった。Nさんは瞬時に、「それ以外ですね」と言う電気屋の言葉を思い出した。

第十四夜　# 窓の外

沫

時折、篠原さんの家の道路側に面したリビングの窓に、人の頭が見え隠れする事がある。

あぁ、誰かが通って行ったんだなと言う事は分かるのだが、そこの窓は外からだと約二メートル程の高さがあるのだ。あれは人じゃない——とも言い切れない。昨今、若い人達の身長はかなり伸びているそうだし、近所にそんな背の高い人が住んでいる可能性だってあるからだ。

勿論、そんな事で大騒ぎをする程ではない。しかし疑問は拭いきれない。

ある日の事、その窓から人の目が覗いていた。さすがにそれには篠原さんもびっくりした。思った通り若い男性のようだ。どうやら背伸びをして家の中を覗き込んでいるらしい、顔はそっくり返って空の方を向いている。

篠原さんは少々声を荒げて、「何かご用ですか？」と問う。するとその頭はすっと引っ込んだ。

やはりあれは現実の人間なんだろうかと思い始めて来た頃、窓の外に良くその男性を見掛けるようになった。

最初は頭のてっぺんが少しだけ見えていただけだったのだが、次第に目元が見えるようになり、鼻が見えるようになり、今では唇までもが見える位置で歩いて行く。

人だとしても少々育ち盛り過ぎじゃないだろうか。

今日もその男性は窓の外を通り過ぎる。篠原さんと目が合い、少しだけ会釈をするのが見えた。

現実の男性であると言う証拠は、今もまだ掴めてはいない。

## 第十五夜　隣の声

筆者

Fさんがまだ二十代だった頃の事。

壁が薄くて隣の音が丸聞こえと言う、そう言う悪評のある賃貸物件に入った。

深夜一時。そろそろ寝るかと言ったタイミングで、突然「こんばんは」と聞こえて来た。

同時に、響き渡る悲鳴。うわぁぁぁぁぁ――っと、まさに断末魔のような声が聞こえたかと思うと、少ししてそれは泣き声に変わる。

「もう嫌だ。もう嫌だぁぁぁ――っ！」

どうやらそれは隣人の声らしい。

隣人の声は仕方無いにしても、隣の怪異まで聞こえて来るのは嫌だなと、早速別の部屋を探す事にしたと言う。

第十六夜

# 霊感チェック

沫

大学での事。覚さんは友人のTに、聞いたばかりの霊感チェックと言うものを試してみた。

想像の中で自宅を歩き回り、そこで誰かと遭遇するかどうかで霊感を試すと言うものである。

もしもそこで人と逢ってしまった場合、それは自宅に棲み着く霊であるそうなのだ。

「ハイ、じゃあ目を瞑って。家の玄関の前に立っていると想像して」

言う通りに目を瞑るT。そして覚さんが、「玄関を開けて入れ」と指示する。

「分かった」と、Tは目を瞑りながら言う。そしてその後、Tの顔が強張った。

「なんだよ、どうした?」聞けばTは、「いや……」とだけ答え、「ちょっとなんかこれ、気味悪いからやめるわ」と言い出すのだ。

一体そこで何を見たのかTはなかなか教えてくれなかったのだが、夕方、安酒場でレモンサワーを二杯空けた辺りでようやく口を割った。

「なんか部屋に三人いた」

それどんなだよと聞けば、「二人は子供で、天井からぶら下がって首吊ってた」と言う。

そして後の二人は夫婦のようで、その子供がぶら下がる真下で飯を食っていたと言うのである。

「そんであれ、なんのテストよ?」

聞かれて覚さんは、正直に答える事が出来なかった。

第十七夜　幽霊屋敷

筆者

家の近所に幽霊屋敷と呼ばれる、偏屈者の老人が住む家がある。

老人は恐らく六十代ほどの男性で、いつも小汚い格好で出歩いている厄介者であった。

ある日の事。Mさんが学校帰りに幽霊屋敷の前を通ると、その屋敷の前で立ち呆けている老婦人の姿があった。

一体何を見ているのだろうと彼女の視線を追うと、幽霊屋敷の二階の窓辺に立つ、二人の人影が確認出来た。

「見えたか」と、突然そんな声が聞こえて来た。老婦人が彼女に話し掛けて来ていたのだ。

「見えたなら覚えておけ。ここのバカ息子はろくなもんじゃねぇ」

Mさんは気味が悪くなり、そそくさと家に帰った。

――ある時から幽霊屋敷の老人の姿を見掛けなくなった。

近所の人々は「孤独死でもしてるんじゃないの」と噂したが、結局その噂は当たっていて、老人は半年間も見付けてもらえないまま白骨化していたそうだ。

ただ、見付かったのはその老人だけではなく、計三体の遺骨が二階の部屋で見付かった。

例の老人は、亡くなった両親の年金で暮らしていたらしい。

# 第十八夜　1と8と　そしてゼロ

沫

Mさんには〝結人〟と言う名前の、五歳になる息子がいる。

その結人君、早くも数字の読み書きに興味を示したらしく、赤いクレヨン片手にリビングの雑誌や週刊誌に数字を殴り書いている。

Mさんはそれを眺めながら、どうせすぐに捨てるだけの雑誌なのだから、好きにさせておこうと思っていた。

それから数日後、妻の美愛さんが「ちょっと変なんだけど」と、雑誌の一冊を持って来た。開いてすぐにその変さが分かった。確かに結人は雑誌に数字を書き入れてはいたのだが、どう言う理由か数字が書かれているのは決まって〝人の顔の上〟なのだ。

しかもそれは二種類の数字のみで、〝1〟か、〝8〟のみ。そのどちらかの数字が、グラビアのカラーページや、モノクロのページなどに赤い色で書き込まれていた。

「これ見て」と、美愛さんがとあるページを開く。するとそこの記事に掲載されている有名女性声優さんの顔には、〝0《ゼロ》〟の文字。1と8以外の数字が書かれていたのだ。

Mさんはその雑誌を持って行き、結人にその数字を見せ、「これってどう言う意味なの？」と、その三種類の数字の区別を聞くのだが、「この人は1」とか、「これは8なの」と言う曖昧な返事しか返って来ない。その内、リビングの棚の上にあったMさん夫婦の写真にまで数字が書かれ、妻の美愛さんは8。そしてMさんの顔には1の数字が記されてしまった。

ある時の事。有名人、著名人、そして人気声優さん達が同じ時期に亡くなると言うニュースが流れた。それがあまりにも立て続けて起こり、嫌な偶然だなと思っていると、美愛さんが血相を変えて例の雑誌を見せに来る。

さすがにMさんも驚いた。亡くなった方々はどれも、結人が〝0〟を書いた方々ばかりだったのだ。

やがてその結人の数字遊びは飽きが来たのか、悪戯書きは一切しなくなった。

結局、0が書かれた方々は時期の差はあれど、全員亡くなられてしまった。Mさんは都度、その雑誌を結人に見せては数字の意味を問うのだが、結人はそれが自分で書いたものだと言う意識すら無くなったのか、「わかんない」と首を傾げるばかり。

そして未だ、1と8の区別は付かないままなのである。

第十九夜

# 新聞配達

沫

今より数十年前。甲斐さんが中学生だった頃の事。

当時甲斐さんは早朝の新聞配達のアルバイトをしていた。

まだバイクも免許も持たない時期だ。当然、移動手段は自転車で、まだ夜が明け切らぬ町を急ぎ、籠一杯の朝刊を各家々に配って歩いていた。

そのアルバイトはさほど苦労もなかったのだが、ただ一軒だけ集落から離れたとても辺鄙《へんぴ》な場所にあり、そこへの配達だけが苦労と言えば苦労であった。

その辺鄙な家の住人はTさんと言った。家は町外れにある小さな橋を渡り、両側に雑草の生い茂る野っ原を突っ切り、砂利道をしばらく走らせた辺りにある小さな一軒家だった。

その家に至るまでは街灯も何も無く、自転車の発電機のライトだけを頼りに暗い中を走って行くしかない。

Tさんの家へと着きポストに新聞を入れると、同時に家の明かりが点く。

もしかすると毎朝、新聞が届くのを待っていたのだろうか。甲斐さん自身は一度もその家の人の姿を見た事は無いが、それでも暗闇の中で灯る明かりはなんとなく安心が出来た。

ある朝、ポストの前に柿が置かれていた。もしかして自分へのお駄賃なのかなと思い、遠慮無しにその柿を頂いて帰った。以降、ほぼ毎日と言っていい程、ポストの前に何かしらのご褒美が置かれるようになった。

ある朝、驚いた事にポストの前には高級そうな腕時計が置かれていた。

さすがに無遠慮な自分でもそれはもらえないだろうと思い、甲斐さんは明かりの点いた家に向かって会釈だけすると、そのまま時計は受け取らずに帰った。

配達が終わってアルバイト先の新聞屋へと帰ると、明日からはTさん家への配達は要らないと告げられた。

「どうして？」

聞き返せば、Tさんの家の主人が〝昨晩〟に亡くなったらしく、無人の家に配達しても無駄だろうと言う話であった。

## 第二十夜　棲み家

筆者

三年前に行方不明となった友人Kの遺品が、某山中で見付かったと連絡が入った。

室井さんは仲の良かった友人達と一緒に、その遺品のあらために向かった。

それはバッグ一つだけであったが、間違いなくKの所持していたものだった。

バッグの見付かった山はKがとても気に入っていた場所で、休日ともなると誰にも伝えず一人で登っていたりしたらしい。

だがそれだけ馴染んだ山にも拘わらず、どうして遭難などしてしまったのだろうか。答えはそのバッグの中のコンデジカメラの中に収められていた。

運良くデータは破損していなかった。おかげで室井さん達は、そこに何が写っているのかを確かめる事が出来たのだが――

「なんだこれ」と、友人の一人がつぶやいた。一枚の写真に、奇妙なものが写っていたせいだ。

それはまるで小さな竜巻のように室井さんには見えた。地面から立ち上る煙のような黒い影。

最初はそれが何なのかまるで分からなかったのだが、それから後に続く写真を見て、それがどんなものであるかは想像が付いた。

Kの撮った写真の多くにはその竜巻のような靄《もや》が写っており、それがその時々で人の形をしていたりするのだ。

「山に棲むもんだろうなぁ」と、誰かが言った。室井さんもまた漠然と、〝魅入られたんだろうな〟

と想像したと言う。

遺品はKの家族へと届けた。応対にはKの妹が出て来てくれて、何度も丁寧に礼を言われたのだが――

「あら」と、妹はバッグの中のカメラに気付いた。「中の写真、見ましたか？」と聞かれ、室井さん達は素直に頷いた。

「黒い影のようなもの、写ってませんでしたか？」

とは、その妹の言葉。室井さん達が、「確かにあった」と答えると、妹は「兄の部屋へと来て欲しい」と、家の中へと招いた。

Kの部屋を見て驚いた。その部屋には沢山のスナップ写真が飾られており、しかもその全てにあの黒い影が写り込んでいるのだ。

「これって……全部、Kが？」室井さんが聞くと、妹はゆっくりと首を横に振り――

「これは全部、私が撮った写真ですよ」と、彼女は笑った。

## 第二十一夜　ひぐらし

沫

姉の部屋の窓を開けっぱなしにしていると、時折、風に乗ってひぐらしの声が聞こえて来る事がある。

カナカナと言うどこか物悲しい蝉の声は、叙情的な余韻を残し、夏の終わりを感じさせてくれる。

だが何故か、姉の部屋で聞くひぐらしの声は季節など関係無く、一年中聞こえて来るのだ。

——訳あって、政道さんは家を出て行った姉の部屋で暮らしている。

姉は高校卒業と共に東京の専門学校へと進み、そのまま美容師として向こうで暮らしている。もう実家には戻らないと言う事なので、政道さんは自分の部屋の壁を取り払い、姉の部屋と一続きにしてしまったと言う訳だ。

そして姉の部屋であった側の窓を開けると、季節はまるで関係なく、ひぐらしの声が聞こえて来る事がある。

だが、聞こえて来たからと言って何かが起こる訳でもなく、ただ遠くにその声が聞こえるばかりであった。

ある春先の事、少しだけ長い休みが取れたと言って、姉が帰省して来た。政道さんはもう姉の部屋が無い事を詫びると、「兄弟なんだからそんな事気にするな」と笑い飛ばし、同じ部屋で寝泊まりすると言い出した。

晩飯の後、政道さんとその姉はつもる話が途切れないまま、ビールを持って部屋へと戻った。話は夜更けまで続き、姉は風に当たりたいと部屋の窓を開けた。ふうわりとした春の冷たい風と共に、どこからか寂しげにカナカナと言うひぐらしの声が聞こえて来た。

一瞬で姉の表情がこわばるのを感じた。政道さんもまた、さすがにこれは聞かせるべきではなかったと後悔する。

「どうしてここでも聞こえるの？」と、姉。

話をすれば、どうやら姉が住んでいる東京のワンルームでも同じ事が起こっているらしい。共通点はあった。過去と現在と言う違いはあるが、どちらも姉が暮らしている部屋である。それは姉も気付いているらしく、しばらく考え込んだ後、「明日、ちょっと忘れ物を拝みに行って来る」と言い出した。

「どこに？」とは聞いたが、結局姉は教えてくれないまま翌日となった。

だが、用事が済んで姉が家へと戻って来て以来、窓からひぐらしの声が聞こえて来る事はとても稀となった。

それでも、全く無くなった訳でもない。今でも時々、季節外れのひぐらしの声に顔を上げる事がある。そして政道さんはその度に、自分の知らないどこかの誰かの事を想うと言う。

もしかしたら東京で住む姉の部屋でも、「思い出してくれ」とばかりに、ひぐらしが鳴いているのかも知れない。

第二十二夜　心霊スポットが出来るまで

筆者

藤岡さんは昔、奇妙なコンビニエンスストアで働いた事がある。

表通りに駐車場があるのは他のコンビニと同様だが、肝心の店舗部分が駐車場よりもワンフロア分下がっていて、車を停めた所よりもずっと下の位置にあると言うそんな店だった。

つまり店の利用客がその店に行こうとしたならば、駐車場から階段を下りて行かなければ辿り着かないのである。

しかもその店の上階に、オーナー夫妻の自宅がある。したがってコンビニの看板を見付けて駐車場に入れた人は大抵面食らう。そこに見えるのは店舗ではなく住宅だからだ。

店舗裏手は高い石垣。両隣も隣接した家の塀。なので店内から見れば四方全てが壁で覆われている閉塞的な空間だった。

おかげで客はほとんど来ない。その辺りだけは藤岡さんが気に入っている部分ではあった。

深夜一人で店を回していると、上階の自宅からオーナー夫婦の激しい喧嘩の声が聞こえて来る事がたびたびあった。その内に二人は離婚したと言う話を聞き、喧嘩騒動は無くなった。

家から旦那が出て行った後、店は奥さんのものとなった。

ある日、藤岡さんはその奥さんにかなり露骨に誘われた。前々から気に掛かっていたとか言われたが、これは絶対に地雷だと確信していた藤岡さんは頑なにそれを拒んだ。

だが不運にも、藤岡さんより後から入って来た後輩君がそれに引っ掛かった。

バイトが終わるとそそくさと駐車場を横切り、上の自宅へと向かう姿を目撃するようになったからだ。

それから数ヶ月後、オーナーの奥さんが元旦那の殺害容疑で逮捕され、例の後輩君もついでに殺害幇助と死体遺棄の容疑で捕まった。

当然店は無くなったが、今では知る人ぞ知る心霊スポットとして、経営以前よりも人が多く出入りしている様子である。

心霊系の話ではないのだが、心霊スポットが出来上がるまでのそんなお話。

第二十三夜

# 深夜のトイレで兄に逢った話

沫

とある深夜の出来事。

瑛奈さんが部屋でゲームをしていたら、いつの間にか午前一時を過ぎていた。

さすがにもう寝なきゃと思い、トイレに立つ。見れば暗い廊下の中、トイレの電気が点いていた。

二階には瑛奈さん一人しかいない。これは自分の消し忘れだなと思いドアノブを回せば、そこには漫画本を開いて便座に腰掛けている兄の姿。

「えっ、誰?」と、兄が瑛奈さんの顔を見て慌てる。

そして瑛奈さんはそんな兄を見て、思わず「お兄ちゃん?」と叫んだ。

ようやく兄も気が付いたか、「まさか瑛奈か?」と、名前を呼んだ。

一瞬で思い出される。昔まだ瑛奈さんが幼く、両親と一緒に一階の部屋で寝ていた時の事。

「昨夜、大人になった瑛奈と逢ったんだよ」と、兄に言われた事を。

そして今がきっとその瞬間だと言う事に気付く。

言いたい事は山ほどあった。だがどれ一つとして言葉になって出て来ない。

「ちゃんと鍵閉めて入ってね」と瑛奈さんが言うと、照れながら兄は、「ごめん」と詫びる。

――何か言わなきゃ。何か言わなきゃと考えるのだが、まるで何も思い浮かばない。そうしてようやく絞り出た言葉は、「元気でね」だった。

「うん」と、兄は頷く。

ドアが閉まる。そして再びドアを開けると、もうそこには誰の姿も無かった。

暗い廊下の中、トイレから漏れ出る明かりがやけに寂しい。

久し振りに見る兄の姿は、幼かった頃の瑛奈さんの記憶そのままで、相変わらずの冴えない風貌であった。

いつの間にか瑛奈さんは、生前の兄の年齢を越えていた。

「元気でね」と言う瑛奈さんの言葉は兄に届いたが、その願いまでは届かなかった事を、彼女は知っている。

第二十四夜

# 空白の四日間

筆者

早樹さん、小学校時代の事である。

ただいまと玄関を開けるが家の中からは誰の声も無い。

全員が留守なのだろうかと思ったが、リビングに一人、見知らぬ男性の姿。それは袈裟を着た僧侶であった。

「おかえりなさい」と、その僧侶はにこやかに言う。

早樹さんは特に疑問にも思わず、ランドセルもそのままにリビングに留まった。

何故か誰も帰って来ない。外はだんだんと暗くなり、いつしかリビングも灯りを点けなければならないほど真っ暗になってしまった。

「やはり誰も来ないね」と僧侶。

やはりとは？　早樹さんはそう思ったが、理由は聞いてはいけないような気がして黙っていた。

どう言う訳かお腹は空かない。トイレにも立たない。どころか、そのリビングから出てはいけないような気がして、早樹さんはずっとその僧侶と二人きりのままそこにいた。

時刻は午後の八時を回った。いつもならばもう寝る時間である。するとそれを察したか、僧侶は「こちらに来なさい」と手招きする。

早樹さんは僧侶の膝を借り、そこで眠った。

眠りに落ちる瞬間、僧侶は低く小さな声で読経を始めた。その声がやけに心地良く、早樹さんは朝までぐっすりと眠った。

早朝、早樹さんは僧侶に揺り動かされて目を覚ます。

「夜は越えたので、もう大丈夫」

それだけ言って、僧侶は振り返りもせずに家を出て行ってしまった。

それからすぐの事、早樹さんの姿を見付けた父が大声を上げ、「いたぞ!」と叫ぶ。

あっと言う間に家族全員が集まり、泣きながら早樹さんの無事を喜んだ。

「一体どこに行ってたの?」とは母の言葉。驚いた事に、早樹さんは四日間もの間、姿をくらませていたと言うのだ。

だが早樹さんにとっては僅か一晩だけの時間であり、どこに行っていたと言う話でもない。

それから十数年経ち、その時の事は話題にも上らなくなったある日、弟がぼそりと、「姉ちゃん、ずっとお坊さんと一緒にいただろ?」と聞いて来た。

空白の四日間、時々リビングで、二人の姿をちらりと見掛ける事があったのだと言う。

## 第二十五夜　辿り着かない部屋

沫

江利子さんの住む杵島家には、とある部屋が写る不可解な写真がある。

それはごく普通のありふれた日常の一枚。幼い頃の江利子さんとその弟。二人が玩具を前にして遊んでいると言うそんなスナップ写真だ。

ある程度大人になってその写真の入るアルバムを見返していると、その写真の上で視線が止まる。——これって、どこの部屋だっけ？

記憶にはある。そしてその部屋で遊んでいたと言う事実も。

ただ、今現在住んでいるその家には、それに該当する部屋が無いのだ。

江利子さんはそのアルバムを持って家族の元へと向かう。そして全員に、「これってどこ？」と聞くのだが、その反応は全員が同じで、「どこだっけ？」と首をひねるばかり。

ただ一つ、共通の認識として、「この家のどこか」なのである。

祖父は、昔はこの部屋で花火を見ていただの、母は部屋干しするにはここが一番だったのと、色んな思い出話は出て来るのだが、〝そこがどの部屋〟であるかと言う話だけは、一切出て来ないのである。

部屋の窓からは外が見え、そこには古びた洗濯機と三輪車がある。

洗濯機は昔使っていた二層式のもので、三輪車は江利子さん自身が乗っていたもの。間違い無くこの家の敷地の庭である。

だが、江利子さんと弟は家の周囲をぐるりと見て回ったのだが、それらしき場所は全く無い。

もちろん家は昔からそこにあるもので、増改築をしたと言う事も無い。

結局その写真にある部屋については何も分からないままで、更にそこから二十数年経った頃、家の老朽化が原因で建て直しの話が持ち上がった。

その頃には既に江利子さんは他の場所で家庭を持って暮らしていたのだが、家の取り壊しが始まった辺りで、弟に「すぐ来てくれ」と呼び出された。

行ってみると、解体半ばで止まっている家の残骸の中に、あの写真に写った裏庭があった。

写真の通り、洗濯機も三輪車も当時のままそこにある。

「すみません、ここにあった筈の部屋って、どんな部屋でした?」

妙な質問を解体業者に投げ掛ける。工事途中で止められた業者はやや不機嫌で、「普通の部屋でしたよ」と返して来る。

結局、その部屋がどこにあったのかも分からないまま、家は無くなってしまった。

だが、かなりのサビこそあるが、例の三輪車は今も杵島家に存在している。

# 遠くからいらっしゃったもの

筆者

夕暮れ時の事だった。美春さんが家に帰ると居間にお客さんがいた。

髪の長い男性だった。背をこちらに向けており、顔は見えない。

両親はその反対側に座り、その客と向き合っていた。

「美春、遠くから遙々いらっしゃったのよ」と母は言う。そして美春さんは「こんばんは」とその背に声を掛けたのだが、まるで応えは無い。

美春さんは部屋へと向かい、その日の宿題を片付けた。だがいつまで経っても晩ご飯に呼ばれない。どうなっているんだと足音を忍ばせて階下へと下りれば、まだ客は居間にいる。

「本当、遠くから遙々いらっしゃって」と、母は笑っている。

そんなに大事なお客さんなのかしらと部屋に戻るが、時刻はとうとう夜の九時を回り、普段ならば美春さんも就寝する頃となる。

「ねぇお母さん、ご飯はまだ?」

痺れを切らした美春さんは、そう言いながら居間へと向かう。すると母は、「美春、わざわざ遠くから遙々いらっしゃったのよ」と、引き攣った顔でそう言う。

——何かおかしいと勘付いた。そう言えば母はずっと、「遠くから遙々いらっしゃって」としか言わないし、父はただ母の横に座り、腕組みをしながら笑顔を張り付かせ、頷いているだけ。

じわりと、その客の存在が濃くなったような気がした。

美春さんが困っていると、突然電話が鳴り出した。美春さんはその呼び出し音を聞くと同時に、「おばあちゃんからだ」と察した。

「美春かい」と、祖母は言う。美春さんは祖母にすがるようにして事の成り行きを話せば、時間は掛かるが今からそっちに行くと言ってくれた。

そして美春さんは祖母に教わった通り、台所で濃い塩水を作った。もしも眠りそうになったらその塩水を口に含み、必死に我慢しなさいと言われたのだ。

そしてその塩水を持って部屋へと戻ろうとしていると、その姿を見付けた母が、「ねぇ美春。遠くから遙々いらっしゃってるのよ」と、ヒステリックな声で呼び止める。

見れば母は両目からぽろぽろと涙をこぼしている。そしてその横で、父は目を瞑って首を傾げていた。

「お父さん、寝ちゃ駄目！」

叫んで美春さんは、その父の口の中に塩水を流し込む。すると突然に目を見開いた父は、「出て行けーっ！」と怒鳴りながら客の顔を蹴った。

客は突然、蛇となって窓の隙間から外へと出て行った。

祖母が家に到着したのは、それから一時間後の事だった。

何が原因かは知らないが、あの蛇は母が連れて来てしまったものだったらしい。

第二十七夜　サイレン

沫

日曜の夕方の事だ。

円香さんの住む町では、午後五時になると各所に設置されたスピーカーから、〝赤とんぼ〟の曲が流れ出るようになっている。

その日も、その曲は鳴っていた。いつもの事ながら遠くや近くのスピーカーから時間差で流れ出て来る曲は、とても不愉快な不協和音となって聞こえて来る。

最後の音が遙か遠くで鳴り響き、曲が終わる。あぁ、これでまた明日から月曜日。学校行きたくないなぁなどと考えていたその時だった。

ブォオオオオォォォォ――と、今までに聞いた事の無いようなけたたましいサイレンが鳴り響く。そのサイレンもまた各所から轟き出ていて、遠く、近くと、空気を震わせていた。

確実に、尋常ではない〝何か〟が起こっているのだと察した。円香さんは慌てて二階の自室の窓を開けるも、見渡す限りでは特に変わった様子は無い。

ブォオオオォォォ――ブォオオオォォォ――と、サイレンの音は鳴り止む気配を見せず延々と続いている。円香さんの家は町の中心から少々高台の方に建っているのだが、坂の下の方で頭に座布団や防災頭巾を被って逃げ惑う人の姿が見え隠れしていた。

確かに何か良くない事が起こっている。思い、慌てて階下へと駆け下りると、母はのんびりと横になりながらテレビを観ているではないか。

「ねぇ、かぁちゃん！　はよぅ逃げんとや！」

円香さんがそう言うと、「どこによ?」と、母は不思議そうな顔で聞く。

危機感の無い母に苛立ちながら、「このサイレン聞こえんの?」と聞けば、「サイレン?　どこに?」と、問い返される。

いつの間にかサイレンの音は止んでいた。それどころか母はその音を聞いておらず、後日、学校で同じ質問を友人にしても、誰一人としてその音は聞いていなかった。

円香さんはその一件を気にして、後で町の郷土史などを調べてもみたのだが、過去の同じ日に空襲や大地震等の被害があったと言う歴史は無く、今以てあの時の出来事は分からず終いなのである。

第二十八夜　押し入れの中の縛られた布団

筆者

とある掘り出しものの物件を見付けた望月さん。

かなりの築年数で、先住者のものだろう荷物が若干残ってはいたが、その安さが魅力で入居を決めてしまった。

さてその家、一つだけ気になるのが二階の一室。何故かその部屋だけ妙に線香の香りが染みついていた。

ある晩、ちょっとした不注意で敷き布団に煙草の火を落とし、かなりの面積を焦がしてしまった。

どうしようかと悩んだが、そう言えば例の線香の香りの部屋、押し入れにいくつかの布団が詰め込まれていた事を思い出し、拝借する事にした。

押し入れを開ける。そして布団を引っ張り出すと、その奥から紐で縛られ丸められた布団がごろりと転がって落ちて来た。

なんだこれはとその布団を広げてみると、そこにはべったりとした人型の黒い染み。それはどう見ても、相当の腐敗が進むまで遺体が寝かされていたであろう痕跡であった。

「事故物件だろう?」

呼び付けた不動産業者にそう尋ねると、「そんな筈は無い」と言い返す。そうして問答を繰り返した挙げ句、その布団の処分を業者に任せると言う話で落ち着いた。

怪異はその晩から始まった。

ふと目を覚ます。真っ暗で辺りは分からないが、何故かいつも寝ている部屋では無いだろう感覚がある。

手探りで出口を探し、襖を開ける。そうして手を伸ばした先には、しまわれた布団の感触。

同時に気付く。そこは例の線香の部屋だと。

悲鳴を上げて部屋から転び出る。どうしてこんな所で寝ているのだと首を傾げたが、どうにも意味が分からない。だがその晩から、そんな現象が毎夜の如くに続くようになってしまった。

ある日、知人の伝手で女性のお祓い師の元を訪ねた。するとそのお祓い師、「見に行こうか」と家まで来てはくれたのだが、例の部屋に入るなり顔つきが変わる。

一晩、そのお祓い師は家に泊まって行ってくれたのだが、翌日にはもうその姿は無かった。

後日、そのお祓い師の元へと訪ねて礼をしに行くが、その女性は「あの部屋の線香を絶やすな」とだけ弟子に託し、顔を見せてはくれなかったのだ。

一応、その言葉通りに行動はしたのだが、結局は一週間も持たないまま望月さんは引っ越しを決意した。

線香を焚きに例の部屋へと入る度、何故か押し入れの襖が開きっぱなしになっていたのだ。

第二十九夜 早朝の洗濯機

沫

香月さんは朝が早い。元より朝方人間なのだが、歳を取ってからは更に早くなった。特に日の長い夏などは、三時頃から起き出して庭掃除などをしている。香月さんの夫はそれを知り、「俺の寝る時間とさほど変わらないな」と笑う。

だが香月さんは、自分よりも早く起きている人を知っている。それは裏庭の垣根を隔てた向こうに建つ、古いアパートメントの住人である。

早朝、庭へと出る。するともう既に、アパート二階の一室からゴンゴンと酷い音を響かせて、洗濯機が回っている音がする。

そこに誰が住んでいるのかは知らない。だが香月さんが起きた頃には、アパートの薄暗い照明が灯り、ベランダの洗濯機が稼動しているのである。

ただ一つ気になるのが、そこのアパートメント自体の事。実はそのアパート、相当に古い建物で、住人のほぼ全員は出ていってしまっていると聞いている。おそらくその朝の早い人は、その中でも最後の住人と言えるだろう。

ある日の事、買い物を終えて帰る途中、例のアパートの入り口が工事用のバリケードで塞がれているのを見た。どうやらとうとう取り壊しが決まったらしい。ならばせめてあの朝の早い住人と、一度ぐらい挨拶してみたかったものだわと香月さんはそう思った。

さてその翌朝。いつも通りに外へと出ると、これまたいつも通りに外ではゴンゴンと洗濯機の回る音がする。

あら、まだあの方いるのねと思っていると、「おはようございます」と、どこからか声が聞こえた。比較的落ち着いた女性の声であった。

見上げれば洗濯機の回るベランダから身を乗り出し、こちらを見る人影があった。但しまだ夜が明けていない為にその人は輪郭程度にしか分からない。

「いつもうるさくしてごめんなさい」と、その女性は言う。

いえいえ、大丈夫ですよと香月さんは返す。そうして二言、三言の会話を交わし、香月さんは家に戻った。

それから数時間後。家のチャイムが鳴らされ、作業服を着た男性が、「これから裏のアパートの解体を始めます」と告げて来た。

それを聞いて慌てた香月さん。まだ人がいますよと告げると、向こうもまた「どこの部屋ですか？」と驚くのだ。

すぐにアパートの大家までもが飛んで来た。そして香月さんが教えた部屋へと踏み込むと、「誰もいませんよ」と出て来るではないか。

後で聞いた話だが、既にそこのアパートメントは、五年も前から無人のままだったらしい。

当然の事ながら、電気も通ってはいなかったのだ。

第三十夜　# 焼き鳥屋の二階

沫

築嶋さんはフリーのライターを生業としている。

ある日の事、編集部に入稿をした帰り、昔良く通っていた焼き鳥屋に立ち寄った。

すると俺の顔を見るなり、「あんた今、どこで仕事しとんのん！」と、女将さんがいきなり怒り出した。

かつてその店の二階は、築嶋さんの第二の仕事場だった。

自宅で仕事をしていてもなかなか原稿が進まない時、築嶋さんはそこの二階を借りて閉じ籠もった。

トイレ無し、風呂無し、ガス台無し。玄関開けたらそのまま部屋で、四畳半一間の畳敷き。常に階下からの煙で部屋は焼き鳥臭に染まっていたし、窓の外は飲み屋街で一晩中うるさいし、ほぼ生活には向かない牢獄みたいな部屋だったが、それでも突然に飛び込んで一泊千円で借りる事が出来る場所だったので、当時はとても重宝していたのだ。

築嶋さんは仕事に詰まると電話も筆記用具も持たずにそこに閉じこもる。

草案を練りたいなら横になってひたすら練っていたし、寝たいならとことんそこで寝ていた。

だがいつもそこで一泊をすると、不思議と「書かなきゃ」と言う罪悪感が湧いて出て来て、勢いのままに原稿へと取り掛かる事が出来たのだ。

「なんかあったの？」と聞けば、「今ねぇ、そこに貧乏一家が住み着いてるんよ」と、女将さん。

「あの狭い部屋に四人で暮らしてるんだけどさぁ」

四畳半に四人かよと築嶋さんは笑ったが、女将さんはにこりともせずに「五人目がいるんよ」と言った。なんでも時々部屋に〃出る〃らしい。しかも大抵は、部屋に一人か二人でいる時にそれは現れるのだと言う。

「マジかい。俺はそんなの一回も見てねぇぞ」と築嶋さんが言うと、女将さんは、「どうでもいいけど、早くあんたも次の仕事場探しなよ」と、訳の分からない事を言う。

「どうして?」

「あたしも見たけど、〃出る〃の、あんたの生き霊だよ」

築嶋さんはその帰り、適当に安い物件はないかと、駅前の不動産屋に立ち寄る事にしたそうだ。

第三十一夜　二十を越えず

筆者

山形県に住む宮内冬馬さんは、幼い頃から身体が弱く、ろくに学校にも行けないままだった。

だが親兄弟はその事について小言をいう事はまるで無く、それどころか「早く結婚しろ」と、僅か十六歳ばかりで次々と見合いの話を押し付けられた。

冬馬さんは「まだ早い」とその全てを断り続けていたのだが、年齢が二十歳近くとなればとうとう諦められたのか、その事を強く言われる事は無くなった。

やがて冬馬さんは成人を迎えようとする辺りで酷い風邪をこじらせ、入院する事となった。

長い長い夢を見た。そしてようやく目を覚ませば、家族全員が驚いた顔で冬馬さんを見ていたのだ。

冬馬さんは退院し家へと戻る。何故か家族の誰もが冬馬さんには他人行儀であった。

やがて歳月が経ち、冬馬さんは二十一歳の誕生日を迎える事となる。そこで冬馬さんは入院中に見た夢の出来事を、何気ない気持ちで家族の皆に語った。

すると誰もが表情を変え、冬馬さんの話に食い付くではないか。どころか母に関しては服の袖で目頭を押さえ、泣き始める程だった。

そこでようやく冬馬さんは、その家にまつわる〝因縁〟について、祖母から教えてもらう事が出来た。

宮内家に生まれ育った男子は二十を越えず。これが家の伝承らしく、実際に二十歳を越えた男子は未だ冬馬さん一人だけだったと言う。

確かに宮内家には男子がいない。元々女子ばかりが多い女系の血筋だったそうなのだが、時々冬馬さんのように男子が生まれる事がある。その際には二十歳を向かえる前に、なるべく多くの子孫を残しておくと言う習わしがあった。つまりは、くたばる前に子孫を作れと言う事らしい。そこでようやく、あの見合い話の件が理解出来たのだ。

冬馬さんが見た夢はこんな感じのものだった。

襖で仕切られた大きな部屋の中、冬馬さんは刀を持った大勢の男子達に囲まれていた。

やがて襖の一部が開く。同時に男子達は抜刀してそちらへと向かって突進して行く。

冬馬さんは一人の男子に抱きかかえられるようにして、震えていた。その男子は懸命に刀を振るい、飛んで来る〝何か〟を打ち払い、長い長い激闘の後、世界は真っ白になって目が覚めた。

後日、冬馬さんは母から数枚の写真を見せられた。そこには夢に出て来たあの男子の姿があった。

「お父さんだよ」と告げられ、ようやく冬馬さんは、あの長い夢の中で自分を助けてくれたのは父だったのだと気が付いたと言う。

第三十二夜　探し者ゲーム

沫

時代がまだ、携帯電話と言えばガラケーであった頃。

奈々さんの通う学校の同じクラスに、多恵子と言う少々スローモーな子がいた。

決してその子を虐めていたつもりはないのだが、結果的に奈々さん達のグループは、いつもその子が困るであろう事をして楽しんでいた。

ある時、学校帰りに多恵子の姿を見付け、あの子の持っている携帯電話をこの先にある廃屋に隠してしまおうと言う悪戯を思い付いた。

結果、それは上手く行った。比較的仲の良い奈々がそれを取り上げ、他の友人達が多恵子を構っている間、奈々さんがそれを隠して来ると言う算段。

奈々さんは急いでその廃屋の玄関を開き、一番手前にある居間のような部屋に携帯電話を放り込んだ。

そして多恵子達が到着すると、奈々さんは自分の携帯からコールして、家の中から着信音が鳴っているのを確認し、「忘れ物だよ」と、多恵子をその中に押し込んだ。

一応、ちゃんと見付けられるように奈々さんは時々、コールをしてあげていた――が、突然そのコールは途切れ、通話状態になったのだ。

あら、もう見付けたのねと電話を耳に当てるが、一緒にいる友人達の笑い声で多恵子の話が一向に聞こえて来ない。

「ねぇ、ちょっと静かにして」と奈々は言い、もう一度電話に耳を傾けると、『ねぇ……てくれない？』と、多恵子の困った声が聞こえた。

何かあったなと察した奈々さん。すぐに家の中へと飛び込み、「待ってて、すぐ行く」と電話を切った。

玄関先に多恵子の靴が揃えて置いてあった。奈々さんは居間の中へと踏み込むが、多恵子の姿は無い。

番号をコールするとどこからか着信音は聞こえるが、一体どこからなのか見当が付かない。

「どこなの？」と叫ぶと、『ここだよ』と、奈々さんの電話からそんな声が聞こえた。

途端、目の前が暗くなる。崩れるようにして倒れ込む奈々さん。だが電話から聞こえる多恵子の声が、かろうじて失神から守ってくれていた。

気が付けば奈々さんはその廃屋の二階にいた。ふらつく足で立ち上がると、懸命に階段を下りて玄関先へと向かう。

同時に玄関のドアが開き、友人の一人が奈々さんを見付け、「いたよ！」と叫んだ。

どうやら奈々さんは、多恵子の電話を隠そうと廃屋に忍び込んだ辺りで失神してしまっていたらしい。

「助けてくれてありがとう」と多恵子に詫びると、多恵子は不思議そうな顔で、「何もしてないよ」と言う。

多恵子の電話は、奈々さんの手の中にあったのだ。

第三十三夜　閉ざされた家屋

沫

岩手在住のYさんがまだ若かった頃の出来事である。

とある冬の日、稀に見る猛吹雪となった。雪は三日三晩降り続いた。

四日目。雪は止み、その集落の若者は総出で近隣の家の雪掻き作業を行った。そしてYさんは、自宅のすぐ側にある福原家の屋根の雪下ろしを行う事となった。

福原家には、トミさんと言う老婆が一人で住んでいるだけ。とても一人で除雪など出来る訳も無いし、そのままほっとけば雪の重みで家が潰れるのは必至である。

トミさんの家はほぼ全てが雪の中に埋もれていた。聞こえる訳もないだろうが、Yさんは「すぐ出してやっからなぁ」と家に向かって叫び、雪掻きを始めた。

だがやがて家の輪郭が掘り出されて来た頃、どこからか少女だろう子供の声で、童謡か何かを歌っているのが聞こえて来た。

ばぁさんが家の中で寂しくて歌ってるのかなぁと思ったのだが、どう聞いてもそれは老人の声ではない。もしかしたら家を出て行った子供の誰かが、孫でも連れて帰って来ているのではと思ったのだ。

だがようやく玄関先の雪を退け、がたつく板戸を開けてみれば、それを待ち構えていたかのようにして白無垢姿の花嫁衣装を着た若い女性が、従者を連れて出て来るではないか。

角隠しを目深にかぶったその花嫁は、慇懃にYさんにお礼を言い、しゃなりしゃなりと雪の道を歩いて行ってしまう。

一体どう言う事だとYさんが福原家の中へと踏み込んで行けば、トミさんは布団の中で既に冷たくなっていた。

すぐに町医者と駐在さんを呼び、家から出て行った花嫁姿の女性の事を話すが、何故か町の人は誰もその女性を見ておらず、Yさんの勘違いだろうと言う事で片付けられた。

トミさんの死因は一酸化炭素中毒だったらしい。寒さの為かずっと囲炉裏の火を燃やし続け、雪で閉ざされた家屋は充分な酸素を供給出来なかったと言う。

だが、医者の言う「死後二日」という言葉を聞き、Yさんは耳を疑う。

例えそれがトミさんのものではないとしても、雪で埋もれた家屋の中から、確かに少女のものであろう歌声が聞こえて来ていたのだ。

これは後で聞いた話だが、トミさんの家族に孫娘らしき存在の子は一人もいないし、更には花嫁衣装を着る予定である年頃の女性もいないのだと言う。

第三十四夜　瓔珞

筆者

園さんの父の実家が東北地方にあった。

夏になると園さんの家族は全員、車に乗って帰省する。

実家には父の弟——要するに園さんにとっては叔父に当たる方が住んでいた。

家族は、叔父とその奥さん。そして祖母の三人暮らし。特に祖母は園さんに優しく、帰省するといつも世話を焼いてくれていた。

だが、祖母が園さんに対しとても厳しく言う事が一つだけあった。

それは仏間の天井から下がる飾り紐——瓔珞《ようらく》と言う名前らしい。その中の一つがいつもふるふると震えているのだが、園さんがそれを見付ける度に、「見てはならん」と祖母は怖い顔をして言うのだ。

「見てはならんし触ってもいかん。知らん顔しとけ。もしも気付いたとばれたら取り憑かれようぞ」

当時幼かった園さんにとって、〝取り憑かれる〟の意味は良く分からなかったが、何かとてつもなく怖い事なのだろうと言う事だけは察せられた。

だが一年もすればその事を忘れるもので、また次の年には同じ事を繰り返し言われ、祖母に怒られたものだった。

ある年の夏。園さんはその震える飾り紐を見てふと思った。

あぁ、私はもう昔の小さな自分じゃない。今ならば手を伸ばせばあの紐に手が届く。思ったその次の瞬間には行動に出ていた。ほぼ無意識のまま、その飾り紐をつかんでしまったのだ。

同時に背後から聞こえる祖母の声。

「取り憑かれようぞと何度も何度も教えたろうに！」

言いながら祖母は園さんを突き飛ばし、その瓔珞の下へと向かうと、先程まで揺れていた飾り紐同様、祖母までもが園さんに背を向けてふるふると震え始めた。

園さんは慌てて家族を呼びに行き、「お婆ちゃんがおかしくなった」と告げると、誰もが首を傾げて困った表情をする。

驚いた事に、その家に祖母らしき人物は最初からいなかったのだ。

それからしばらく経った後、父に「祖母ってどんな人だった？」と聞いてみた。すると父曰く、母は早くに亡くなっているから自分もあまり記憶に無いと言いつつ、生前に撮られた祖母の写真を数枚、出して来てくれた。

初めて見るその祖母の姿は実家で見たのとはまるで違う人だった。

ちなみに園さんが勝手に祖母だと勘違いした人は、今もまだ園さんの家の片隅でふるふると震えているのだと言う。

## 第三十五夜　枇杷

沫

語り手の健二さんが小学生だった頃の事。

親の都合でT県へと引っ越しし、一週間程経ったある日の放課後。もう間も無く家へと到着する寸前で、知らない人に声を掛けられた。

「見掛けない子だねぇ、どこの家の子?」と、恰幅の良い中年男性が、塀越しに家の中庭から健二さんに微笑み掛けていた。

おどおどと、「あの家」と指を差す健二さん。するとその男性は、「あぁ、越して来たばかりなんだね」と言って、目の前にある庭の木から橙色の果実を二つもぎ取り、健二さんに手渡した。

「枇杷だよ。美味しいから食べてごらん」

ありがとうとそれを受け取りはしたが、健二さんはさほど甘いものが好きではなく、特に冷えていない果実は苦手であった。

だが捨てるにはしのびない。仕方無く健二さんはそれを持ち帰り、箱に入れて押し入れへとしまってしまった。

それからと言うもの、学校帰りには必ずその男性に呼び止められ、枇杷を貰って帰る毎日。

「美味しかった?」と聞かれる度に、「うん」とは答えていたが、もちろんただの一つも食べてはいない。

ある日の事、同じクラスの大里君と言う男子が、「家に遊びに行っていい?」と健二さんに聞いて来た。

もちろんいいよと健二さんは答え、一緒に下校したのだが、いつもの家の前でいつも通りに例の中年男性は枇杷を差し出して来た。

その時受け取ったのは大里君だった。そして大里君は健二さんの家に着く前にもらった枇杷は全て食べきってしまった。

そうしていくらもしない内に、大里君の様子が変になった。細い目を見開き、ギギギ――と、歯ぎしりをし始める。やがて「トイレ貸して」と駆け込むと、中でげぇげぇと吐く音が聞こえた。

大里君は間もなく、「また明日ね」と言って帰って行ったが、翌日の学校には大里君の姿は無かった。先生の説明によると、現在大里君は意識不明の重体となっているとの事。

健二さんは慌てて家に帰り、その事を両親に告げた。すると健二さんのお父さん曰く、「今は枇杷の季節じゃない」と言う。

慌てて押し入れの枇杷を引っ張り出せば、それは得体の知れない小動物の骨ばかり。理由を聞こうとその家に押し掛ければ、その家は人の住まない廃屋であった。

近所の人の話では、以前そこに住んでいた男性は、とある事件をきっかけに行方不明になっているると言う。

そしてその事件とは、家の庭の木で、正体不明の女性の遺体がぶら下がっていたと言うものらしい。

第三十六夜　二階の誰か

沫

お盆休みを利用し、父方の実家であるA県へと帰省した時の事。

詩緒さんは生まれて初めての田舎暮らしと言う事もあり、とても刺激的な毎日を送っていた。

ある晩、庭で花火をする事となった。家に残ったのは祖母だけで、他は全員外にいる。だが。

「お姉ちゃん、二階に誰かいる」と、妹の美桜が話し掛けて来る。そっと後ろを振り向けば、確かに二階の窓辺に人が立ち、何やら踊りでもおどっているかのような仕草をしている。

すぐに回りを見渡す。暗がりではあるが、そこに全員が揃っていると言う事だけは分かる。それに窓に映る人影は、どう見ても祖母のものではない。

「爺ちゃん、あそこに人が――」と指差せば、祖父は口を半開きにしながら二階を見上げ、「あぁ、花火を見たくて出て来よったんべぇ」と、驚きもせずに言う。

「あれって、誰？」

聞くが祖父は、「誰でもねぇ」と言い、「知らなくてもいい事は沢山ある」とだけ言って、家へと戻って行ってしまった。

その後、詩緒さんが実家にいる間中、その〝誰か〟の影を視界の端で見たそうである。

もちろん誰かは分からない。

だがある日、庭で焚き火をして以降、その影はいなくなった。

祖父曰く、〝送り火〟を焚いたからだろうと言う事だった。

第三十七夜　# スミ

沫

安達さんの家にはスミと言う名の猫がいる。その名の通り、炭のような真っ黒の猫である。

スミは時々、妙な仕草をする。何も無い空間を見つめ、目で追ってみたり、威嚇してみたり。

大抵猫のそう言う仕草は人の目に見えない羽虫か何かを追っているらしいのだが、ある日の事、何も無い空間に向かってスミは尋常ではない程の怯えを見せた。

全身の毛を総立ちにさせ、野生のうなり声で吠え立てる。安達さんはその空間に向かって目を凝らすが、特に何も見付けられない。

それから時々、スミは同じような行動を取るようになった。同時に家の窓をカリカリと引っ掻き、外に出たそうな仕草までする。

とある晩、風呂上がりに髪を乾かそうと鏡に向かってドライヤーを掛けていると、突然のスミの悲鳴。さすがに安達さんももう慣れては来ていたので、「大丈夫だよ」となだめながらドライヤーで送風していたのだが、そんな彼の真後ろを巨大な〝何者か〟が通り過ぎて行った。そう言う光景が鏡に写り込んだのだ。

慌てて振り向く。だが誰もいない。ただスミが威嚇をしながら斜め飛びをしつつ安達さんの真横へと移動して来た。

はっきりと、〝何かがいる〟と言う事だけは分かった。だがそれは彼の目には映らず、ただスミだけがその存在を教えてくれているようだった。

後日、宅急便の受け取りに玄関のドアを開けたと同時に、足下をスミが擦り抜けて出て行ってしまった。慌てて呼び止めたが、スミは彼の声を無視して振り返る事もせずに走り去って行ってしまったのだ。

そうなるともう家の異変に気付ける者は誰もいない。心細く、その事を友人に相談すると、「うってつけの人を紹介するよ」と言うのだ。

やがてその人が家に来てくれた。仕事にこそしてはいないのだが、霊視や除霊が出来る人らしい。

そしてその人曰く、「何もいませんよ」と家の中を見回しながら言う。だがここで起きた出来事を話せば、その人はスミの猫餌の皿やトイレを見て、「なるほど」と笑った。

「あなたが見た巨大な〝何者か〟は、その猫を追って来た者のようですね」と語り、「ついでにそのスミと言う黒猫、実際は猫ではないですね」とまで言うのだ。

とにかく大きな黒い影は、スミを追って出て行った。そしてもうどちらもここには戻らないでしょうと言って、その除霊師さんは帰って行ってしまった。

それから数ヶ月後、部屋の掃除をしていると、箪笥の裏から沢山の猫餌が溢れ出て来た。

安達さんはそれを見てようやく、本当にスミが猫でなかった事を知る。スミは食事をする事がほとんど無く、彼の目の前で一口かじるとすぐにどこかへと消えてしまう。要するにこの箪笥の裏へと隠していた訳だ。

ついでに言うと、スミのトイレが汚れていた事は一度も無かった。

つまりは、そう言う存在なのだろう。

第三十八夜　失踪者からの手紙

沫

大分県に住む、檜垣昇太さんのお話。

当時昇太さんは小学校の四年生だった。

突然父の姿が見えなくなり、それから三日後に「家出した」と母から聞かされた。

当時は家出という言葉の意味など知らなかった。だが、「お父さんはもう戻って来ない」と言われ、二歳年下の妹とわんわん泣いた記憶がある。

それからの母は、昼と言わず夜までも仕事に出て、帰りはいつも遅かった。

いつまでこんな生活が続くのだろうと思っていた矢先、手紙が届いた。父からだった。

厚手の封筒の中には、母と妹と昇太さん、三人宛ての手紙が入っていた。

母は震える手でそれらを配り、全員一斉にその手紙を読んだ。

昇太さん宛ての手紙は、ごく素っ気ない短いものだった。

――母を頼む。妹を頼む。お父さんを許してくれ――と言うような文面。但しその言葉の全てはとても読みにくく震えており、しかも全ては平仮名だった。

母の意見で、全員の手紙をその場で開示した。

母には、子供を頼むと言う内容。そして妹には、頑張れと言うそんな言葉のみ。結局、どこでどうしているとか、いつ帰ると言った類のものは一切含まれていなかった。

「これ、お父さんのじゃない」とは母の意見。

そして母が見せてくれた父の筆跡による手紙は、子供ながらにも達筆で、先程届いた手紙の筆跡とは、似ても似つかないものであった。

以降、手紙は数年置きに届いた。

内容は最初のものとほとんど変わらず、頼むとか、許してくれとか、そう言う言葉しか並んでいない。しかも妹宛ての手紙と来たら、いつまで子供扱いなのか、〝大きくなりましたか〟などと書かれていたりする。

やがて昇太さんも妹も成人を迎え、今度は二人で母を助ける番となった。

ようやく生活も安定した頃、母が亡くなった。享年四十八歳と言う若さであった。

またしても父からの手紙が届いた。昇太さんはそれを機に、家を引き払った。

今では昇太さんも妹も、各々家庭を持って暮らしている。

昇太さんはある時、「手紙よ」と妻から封筒を渡された。

見た瞬間、ゾクッと戦慄が走った。例の、父からの手紙だった。

どうして今の住所が分かったのかと言う疑問と、そしてその封筒に切手が貼られていないと言う事実に恐怖したのである。

内容はやはり同じだった。しかも母宛てのものも含まれていた。

手紙は全て、筆跡鑑定に回した。すると驚いた事に、全ては父本人のものだと断定された。

手紙は今もまだ、届いている。

沫

第三十九夜

# 隣人の異常行動

絹依さんは、新居探しでとあるアパートメントを内見した。

木造二階建て。築二十年は超えていると言う古いものであったが、内装が綺麗な上に全室フローリングと言うのが気に入って、即座にそこに決めた。

一つだけ気になったのが、リビングの壁に飾られた小さな額入りの絵の存在。

青い小さな花を描いたものなのだが、他には全く前住人のものだろう調度品が無いにも拘わらず、どうしてその絵だけがそこに飾られているのだろうと言う疑問だけが残された。

引っ越しを終えて二日目の事。真夜中にリビングの方から物音が聞こえ、絹依さんは飛び起きた。

見に行けば床の上に、例の花の絵が落ちていた。

——どうしてこれが？　思い拾い上げてみれば、その額の裏側には真新しい引っ掻き傷が数本。

なんの傷だろうと思いながら今度は視線を壁の方へと移してみれば、絵が飾られていたであろう場所には小さな丸い穴があいていた。

どうやらその穴は隣の部屋まで続いているらしい。どころかその穴の周辺は幾度も壊され、そして塗り固められたのであろう修正跡が見受けられた。

——覗き穴だ。絹依さんは痺れる思考でそう感じた。

隣に住んでいるのは小太りな中年女性だ。先日、引っ越しの挨拶に伺った際に少し話をしただけなのだが、少々挙動が不審だったのを覚えている。

どうしようと考えた挙げ句、その壁にカレンダーを貼って終わりにした。だがそのカレンダーも翌朝には、何かで突かれたような傷を残して床に落ちていたのだ。

帰宅後、穴はパテで埋めた――が、少し時間を置いて壁を見ると再び穴はあいている。同時にその穴の奥から、人の視線までもが感じられるのだ。

絹依さんは慌ててその壁にパテのチューブを押し込む。そして叩かれる壁の音。そこで絹依さんはようやく、隣人の異常さに気が付いたと言う。

翌日、隣人の件について管理会社に連絡を入れるが、担当者はのらりくらりと逃げるばかり。そして絹依さんはようやく、隣人の行動は恒常的なものなのだろうと察した。

その日から、絹依さんと隣人のいたちごっこが始まった。

絹依さんが穴を塞ぐと、隣人がすぐにそれを壊しに掛かる。

その行為も相当に執拗なもので、板を貼ればドリルでくり抜かれるし、壁の前に箪笥や本棚等を置けば、棒のようなもので突き倒される。

さすがに絹依さんも、何度か隣に苦情を入れに行こうと考えた。だがこれほどまでの狂気を見せられてまで、隣と接触はしたくない。

仕方無く管理会社に対応を求める毎日なのだが、相変わらず無責任な対応ばかり。

ある休日の朝の事である。絹依さんがゴミを出しに外へと出ると、集積所の前で隣人の中年女性とはち合わせる一幕があった。

絹依さんは素っ気ない対応で通り過ぎようと思ったのだが、意外にも向こうから声を掛けて来た。

「あの……申し訳ないのですが、よろしければお時間いただけないでしょうか」

絹依さんが、「どんなご用件でしょう」と強気で返事をすると、驚いた事にその隣人は、部屋まで来て欲しいと言うのだ。

絹依さんは断固として断る――が、その女性は食い下がり、「どうしても誤解を解いておきたい」と言うのである。

そこで絹依さんは、管理会社の人が同席するのであればと条件を出せば、驚いた事にその日の内に担当の男性が絹依さんの部屋を訪ねて来たのだ。

隣の部屋には、例の中年女性と共に、同じぐらいの年齢の男性がいた。

おそらくあの異常行動はこの人の仕業なのだろうと、絹依さん推測する。

だが――その推測は完全に間違っていた。

絹依さんの部屋のリビングに隣接する場所は、こちらの部屋で言う所の、ウォークインクロゼットの中だった。しかもそのクロゼット、こちら側からは穴などあけていないと言う。

クロゼットのドアを開ける。吊り下がった衣服を退けると、その奥にはまだ真新しいコンパネ材が貼られてあった。

隣人男性、「ちょっと待っててください」と釘抜きを持ち出し、その板を剥がしに掛かる。

どうやらその壁材、後からそこに貼られたものらしく、何本かの釘を引き抜けば以前のままだろう古い壁が現われた。

それはまさに狂気そのものの様相だった。

絹依さんの部屋の壁と同じ辺りに穴があき、その穴の周囲には公衆トイレさながらのような下品な文句や絵が描かれ、想像した通りの覗き穴として活用されていたのだと推測出来た。

しかもその穴、何枚も何枚も貼り合わせただろう程に大量のお札が重なって糊付けされており、その効果も無かったか、やはり穴が突き通されているのである。

壁は隣人との話し合いの結果により、管理会社が全ての費用を持ってして、一度全て取り払った上で新しく建て直すと言う事になった。

以来、壁の怪異は全く起きなくなったのである。

その後に、以前にそこに住んでいた人の話を聞く事が出来た。それはまだ若い、ごく普通の大人しい男性であったらしい。

聞いていて絹依さんが怖いと思ったのは、その男性は亡くなるでもなんでもなく、これまたごく普通に部屋を引き払い、出て行ったと言うのである。

要するに、そこで亡くなったと言う人は最初からいなかったのだ。

残されたのはその狂気染みた壁の存在と、それを作り上げた住人の〝想い〟ばかり。

おそらくはその狂気が生み出した、不可思議な現象だったのだろうと絹依さんは語ってくれた。

## 第四十夜　床の抜けた家

沫

沖田さんがまだ若くて、今よりもずっと無鉄砲だった頃。

住居付きと言う条件に惹かれ、とある非合法すれすれの仕事に飛び付いた。なにしろ当時は完全なホームレスで、一泊二千円ちょっとと言う簡易宿泊施設に入り浸っていた頃だったからだ。

仕事自体はそれほど厳しいものではなかったが、あてがわれた住居に至っては苛烈を極めた。まず、電気は通っていなかった。ついでに言えばガスも無い。但し水だけは出ると言うそんな中途半端さ。しかも季節は冬である。

「雨風しのげるだけありがたいだろう」と、その仕事を紹介してくれた人は笑うが、住む方としてはとんでもない話である。

家は木造平屋。しかも隣接する家は存在しない、かなり辺鄙な場所に建つ不気味な家屋であった。

問題はまだある。屋根や壁はまだしっかりしたものだったが、何故か家屋の内部の床はどこもグズグズで、台所を除いた三部屋全て床が抜け落ち穴が開いているのだ。

沖田さんはまず床の修繕から始めた。とは言え大工仕事は専門外の為、ろくな補修は出来ない。仕方無く「ここ」と決めた一室だけを直す事にして、選択肢として捨てた他の部屋の床板や畳を引っ剥《ぺ》がし、住居部屋の床に敷き詰めた。

するとなんとか床から来る隙間風はしのぐ事が出来そうで、沖田さんはその部屋に布団を敷いてそこに寝た。

深夜、強烈な風を感じて目を覚ました。枕元に置いたランタンに明かりを灯せば、何故か隣接する部屋の襖が全開になっている。

いつの間に開いた？　思って閉めるが、今度はどこからか重いものを引き摺るような物音が聞こえ始めた。

今度は自ら襖を開けて確かめる。が、それらしきものはまるで見当たらない。

翌日、迎えに来たバンに乗り込み、沖田さんはすぐに寝た。とにかく寝不足だったのだ。

そうして仕事を終えて家に帰れば、今度は壁の工事である。今度こそ襖が開かないよう、外側にも板を打ち付ける予定だったのだ。

そうして一週間もそこで暮らす内、ようやく満足に寝られるような環境となった。

それを見た紹介人は、「こんな家に住めるなんて、やけに豪胆だな」と笑い、あらためてウチの社員にならないかと聞いて来た。

その言葉で気付いた。やはりこの家はどこか〝いびつ〟な家だったのだと。

結局沖田さんは社員の誘いを断り、再び日雇いの簡易宿泊所暮らしに戻ったと言う。

今以て、あの家がどんな家だったのかは知らないらしい。

第四十一夜

# 後ろ

沫

衛さんの家は近所の人達から〝幽霊屋敷〟と呼ばれている。

理由は分かる。長年引きこもりだった兄が自室で首を吊ったのだ。

それ以降、兄の部屋の窓から人影が覗くだの、家の中を足音だけの幽霊が歩くだのと、実際に住んでもいないと言うのに、近所では勝手な事ばかり噂されていた。

不愉快ではあるが、笑い飛ばす事も出来ない。なにしろ兄が使っていた部屋は家族であっても気味が悪いもので、今以てそこは誰も使わず、当時のままで残されている。

衛さんは時々、兄の私物を借りるために出入りしているのだが、入れば何故か妙に居心地が悪く、長居が出来ない。特に夜などは兄の部屋の前を通って自室へと向かうだけでも勇気が要るぐらいなのだ。

ある日の晩、家族は全員出払って家には衛さん一人だった。すると窓の外から子供のものらしき声が聞こえて来る。何事だと二階の自室の窓から外を覗けば、家の前の通りで小学生らしき男子達が五、六人、兄の部屋であろう場所を指さして騒いでいるのである。

バカヤロウ、ウチは見世物じゃねぇんだぞと腹が立ち、「何してんだよ」と窓を開けて怒鳴った。言えばすぐに逃げるだろうと思ったのだが、予想に反してその小学生達は、「ねぇ、誰かいるよ」と、尚も兄の部屋を指差す。

そんな馬鹿なと思いつつ窓から顔を出せば、中は見えずとも確かに隣の部屋に電気が灯っているのだけは分かった。

だが無人の部屋に照明が点いている訳が無いし、家中の人が出払っている以上、人影がある訳が無いのだ。衛さんはすぐに部屋を飛び出し、隣の部屋のドアを開けた。

部屋には確かに電気が灯っていた。普段は閉めている筈の窓のカーテンが開いていた。

衛さんは窓へと近寄り下を覗く。すると小学生達はまだそこにおり、衛さんに向かって何かを叫んでいるのが分かった。

窓を開ける。「どうした？」と聞けば、小学生達はまさに衛さんを指差して、「後ろ！　後ろ！」と叫んでいるのだ。

瞬間、ゾクリとした悪寒が背中を走る。――いる。と、咄嗟に確信する。

あまりの怖さに後ろを振り返る事が出来ない。衛さんは部屋の中央方向を見ないように、ひたすら壁伝いに部屋のドアまで辿り着き、廊下へと出たのだ。

相変わらず近所の人達は、衛さんの家を幽霊屋敷と呼ぶ。

そして今では衛さん自身もそう思っている。

第四十二夜　服の道

沫

千都さんがまだ小学生だった頃の話だ。

親の都合で東北の某所へと引っ越した。当然、そこの地元の小学校へと通う事になったのだが、都会から来た奴だとからかわれ、なかなか馴染めずにいた。

ある日の事、千都さんは家の裏手にある高台へと探索に出掛けた。するとそこで、同じクラスの男子数人と鉢合わせたのだ。

千都さんは内心、「しまったなぁ」と思った。その男子生徒達は皆、ひときわ千都さんに嫌がらせを仕掛けて来る者ばかりだったのだ。

「おめぇどごさ行くのよ」と、Yと言う男子がにやつきながら話し掛けて来た。

そのY、仲間内でも相当に身体が大きく、いつもその中心で横柄に振る舞う子であった。

「知ってっか。この先は〝服屋さん〟っつう幽霊屋敷があんだで。子供はぁ行ったらいげねぇ言われてんだ」

千都さんは「そうなんだ」としか言わなかったが、Yは尚も意地悪そうに、「今日ばぁ特別にそご見せてやる」と笑う。

同時に他の男子達が騒ぎ出した。Yちゃんそれはやめとこうよ――と。

だがYはその声に対し余計に勢いが付いたか、「行くぞ！」と皆の背をどやしつける。

何故かその先頭を千都さんが歩かされた。道の先に長い石段が見えて来て、その段を上まで上らされる。

そこから続く一本道を辿って行くと、道は突然、異質な空間となった。

道の両側には手入れのされていない植え込みがあるのだが、何故かその植え込みにの上には、それを干しているかのように色とりどりの洋服が無造作に掛けられているのだ。

急に気温が下がった気がした。いや実際に空気の熱量が変わったのだと思った。

次第に散らばる服の量が増えて行き、道の上に放られた洋服の山が地面の水を吸い、踏む度にぐしゃりと嫌な感触が足の裏から伝わって来る。

やがてその建物は見えて来た。木造平屋の工場めいた造りの建造物だった。

看板が立ってはいるが、旧仮名遣いが多いせいか千都さんにはまるで読めない。

「おら、行って来い」と、Yが千都さんの背中を小突く。

他の男子達はそれを聞き、「やめようよ」とそれを止める。

するとYはその事に余計に腹を立て、「おめぇらも行くんだよ！」と怒鳴り出した。

そしてどうやらY自身は入らないつもりらしく、その辺りに転がっている一斗缶を椅子代わりにして腰掛けた。そうしながら、困っている千都さん達を見てにやにやと眺めているのだ。

「いいよ、行こう」と、千都さんが先陣を切る。その後ろに付いて来る男子は総勢四人。どうやらその男子達は日頃からYの暴力性に逆らえず、仕方無く言う事を聞いているだけの様子だった。

もはや千都さんを脅かそうとする子は誰もおらず、逆にYへの恨みつらみばかりが口を突いて出て来るばかり。

建物の中はやけに暗く、窓から射し込む陽の光が無ければ、歩く事すらもままならない程。

千都さんはその先頭に立ち、軋む床板を踏みしめながら歩く。建物の中も驚くぐらいに洋服が散らばり、その所々で現われるマネキン人形の存在に、誰しもが小さな悲鳴を上げる。

「なぁ」と、突然Dと言う子が声を掛けて来た。

「なんかぁ、後ろにもう一人いるような気がして」

と言った辺りで気が付いた。確かに妙な息遣いが、かなり後ろの方から聞こえて来ているのだ。

「とぅふふふふ―― とぅふふふふふふ――」

それに気付いた千都さん、「振り返らないで」と皆に厳しく言い、全員に私の服の裾をつかむよう指示し、急いで建物の裏側を目指した。

途中、大きな姿見があった。千都さんがそれを覗けば、確かにその背後には大きな体躯の〝もう一人〟の影があった。

どうやらそれは裸体の女性のようで、その身体はやけに痩せ細って見えた。

やがて建物裏口へと辿り着く。皆は文字通り転げるようにして外へと飛び出た。

そして建物の外を回り込むようにして表玄関へと急げば、いつの間にかYの姿が消えている。

それを見た男子達は、「卑怯者」だとか、「腰抜け野郎」と口々に罵り始めた。

そして千都さん達がその場を去ろうとしていると、またしても背後から「とぅふふふふ――とぅふふふふふふ――」と、あの息遣いが聞こえて来る。

それを聞きながら千都さんは、「Y君あげるから許して」と、心でそう願ったと言う。

そして結局、本当にYは帰って来なくなってしまった。当然、いつもつるんでいる男子達が真っ先に問い詰められたのだが、誰もがYが悪いとでも証言したのだろう、逆にYの両親がやり玉に挙がって咎められたらしい。

そしてこれは後日談になってしまうのだが、つい最近、未だ地元に住んでいるD君から連絡が来た。千都さんにとっても、実に二十数年ぶりの連絡だったらしい。

「実はYにそっくりな子を見掛けたんだ」とD君。

しかもその格好はYが失踪した時の格好そっくりで、もしかしたら彼本人がD君を頼って家まで来たのだろうか、「D君いますか?」と聞いたのだと言う。

「俺がそうだけど」と答えると、Yは絶望でもしたかのような顔になり、とぼとぼと去って行った。

「どこ行くの?」とD君が聞けば、「家に帰る」と、泣きそうな表情でその子は言う。

とうの昔にYの家は無い。

第四十三夜　# 叔母と妹

沫

真穂さんは、物心付いた頃から母が大嫌いだった。

おそらくは嫌悪を通り越して憎悪に近かったのだと思う。

話をしたくなかったどころでは無く、常に会話は無視。母の買ったものは使わなかったし、母の作った料理は頼まれようが泣かれようが食べなかったぐらいであった。

母と衝突した後は、決まって妹の眞珠さんに八つ当たりした。

その度に妹は号泣するのだが、それがきっかけでまた母と衝突するほどであった。

だがそこまで母を嫌う理由はとても簡単なもので、叔母が真穂さんに説いて聞かせる〝愚痴〟がそうさせたのだと、かなり大きくなってから理解したのだ。

叔母は時々家にやって来ては真穂さんにそっと耳打ちするように母の悪口を言う。その話の中には真穂さんの知らない母がいて、とんでもなく最低な人だとすり込まれ続けていたらしい。

真穂さんは十五で家を出て、一人暮らしをしながら学校へと通った。

自炊や家事はとても大変だったが、母がいない暮らしの方が、当時の真穂さんにとって平穏そのものであったのだ。

だが二十五で結婚して子供を持ち、そうしてようやく〝母が普通〟で、〝叔母が異常〟であった事に気付いた。思えば母は真穂さんに対して暴力的な事もしなかったし、それどころか理不尽な物言いすらもしていなかった事に気付く。

真穂さんが夫にそれを話すと、「それは洗脳ってやつだな」と教えてくれた。そこでようやく真穂さんは母と和解しようと、連絡する決心が付いたのだ。

母は真穂さんの申し出にとても喜んでくれた。真穂さんも久し振りに逢う母を見て、一体この人のどこを嫌っていたのだろうと、むしろ自分自身を恨みに思うほどであった。

そうして長いわだかまりの時間を少しずつ解いている最中、未だ実家暮らしをしている妹の眞珠さんが帰って来た。

真穂さんは久し振りに逢う妹を見て驚愕した。それは昔、彼女に向かって母の悪口を言い続けた〝叔母〟の姿そのままだったのだ。

そこでようやく気付いた。叔母は、母を名前で呼ばなかった。悪口を言う叔母は決まって、「お姉ちゃん」と、そう呼んでいた。

「お帰り、お姉ちゃん」と、妹はとても嫌悪——いや、憎悪の目で真穂さんを見た。

後で知った話だが、母には妹どころか女の兄弟はいなかったそうだ。

# 第四十四夜　石灯籠

沫

奄美大島在住の、Sさんと言う男性の方の体験談。

ある秋の夜の事だった。まだ夏の蒸し暑さが抜けきれていない時期、Sさんは少し涼もうと思い家の縁側へと向かった。

すると家の庭にある溜め池のほとり、一本だけ立った石灯籠に火が灯っているのが見えた。

ほぉ、風流だな。誰がそうしたのかは知らないが、宵闇の中で見る小さな炎はなんとも言えず情緒があるなとSさんは思ったそうだ。

だがその日を境にして、灯籠は毎日のように火を灯していた。

さすがに連日だとSさんも次第に不思議に思えて来る。一体誰が炎を灯しているんだと思い、家族の全員にその事を聞いてみた。すると家族の誰もが首を傾げ、「知らない」と言うではないか。

こうなるとまた話は変わって来る。家族の誰でもないとしたならば、それは家の人とは関係無い他人のやっている事だし、同時に家の敷地に誰かが毎晩忍び込んでいると言う事だ。

こりゃあまずいな。思い、Sさんはその晩から庭先を見張る事にした。

だが、犯人は見付からない。家の窓からずっと灯籠を見ていると言うのに、ふとした瞬間に別の場所に目をやると、もう次の瞬間には火が灯っているのである。

Sさんは今まで以上に犯人捜しに躍起となった。だがそれが誰なのか分からないまま、一週間が過ぎた。

ある日の事、奥さんが、「あんたもお参りして」と、Sさんを家の敷地の隅へと連れて行く。そこには昔から存在している、小さなお稲荷様の祠があるのだ。

祠は奥さんの手によるものだろう、綺麗に掃除が成され、お供え物まで載っている。そしてSさんは奥さんに促されるままに祠に向かって手を合わせ、深々と頭を下げた。

その晩から、石灯籠に火が灯る事は無くなった。

そこでようやく気付く。あれは結局、怪異の類だったのだと。

「あれがどうして、お稲荷様の仕業と分かった?」と奥さんに聞けば、奥さん曰く、「なんとなく」だと言う。

「だってそれ以外に、怪しいものは何も無いじゃない」

だが確かに怪異は止まったのだ。そしてSさんはその事を良しとして、あらためて奥さんに礼を言う。すると奥さん曰く、「見えていたのあんただけよ。誰一人として、あの灯籠に火が灯っていたのを見た人はいなかったからね」と言うではないか。

どう言う事だと、灯籠を見に行くSさん。するとその中には、蝋燭も油の類の痕跡も見付からず、長年の間に降り積もった枯れ葉が積もっていたそうである。

第四十五夜

# 廃屋さがし

沫

小学校の頃以来、疎遠になってしまった友人から電話があった。

それは真緒さんの親友だった子で、名前を優菜と言った。

優菜は親が背負った多額の借金のせいで、突然いなくなってしまったのだ。

「明日、逢えない？」と優菜は聞く。何でも昔住んだ自分の家に、忘れ物を取りに行きたいのだと言う。

久し振りに逢った二人は、積もる話もそこそこに、優菜の家へと向かう。

驚いた事に優菜の家はまだ健在であった。雑草を掻き分けて玄関へと向かい、そしてその前で優菜は、「私のようにして」と、一連の数珠を手渡した。見れば優菜のその手首には、既に数珠が巻き付いていた。

解錠しドアを開く。そして真緒さんはその光景に驚いた。

そこはただ長い期間を留守にしていただけの家屋であり、床に埃は積もっているものの、誰一人としてそこに踏み込んだ形跡が無かったのだ。

どうして？　思う反面納得は出来た。その家そのものが発する威圧感と言うか、殺気と言うか、侵入者に向けられる敵意があちらこちらから感じられたのである。

「ここで待ってもらっていい？」

優菜の言葉に真緒さんは頷く。元より中へと踏み込む勇気などまるで無い。

優菜は真っ直ぐに二階へと上がり、すぐに赤いランドセルを手に下りて来た。

「これが必要だったの」

聞いて真緒さんはすぐに、〝嘘だ〟と思った。

確かにランドセルは手に持っている。だが本当に必要だったものは〝その中〟のものだろうと思った。何しろそのランドセルから放たれる気配が、異様な程だったからだ。

「お茶して帰る?」という言葉に、真緒さんは首を横に振った。

駅前で別れた優菜の後ろ姿を見て、もしかしたらあのランドセルの中身は、一家総出で逃げなければならなくなった〝原因〟が隠されているのではと邪推した。

家に帰り、何気なく優菜の事を母に聞いた真緒さん。すると母は少しだけ表情を曇らせながら、

「良くあの子の事を覚えていたね」と驚かれた。

そして真緒さんは母の話を聞いて凍り付く。彼女の家族が家を出て行ったのは、決して借金からの事ではなく、一人娘の〝死〟であったと言う事を。

ある日、両親が不在の時を狙い男が家に忍び込み、そしてその男の手で娘は殺害された。

その噂が広がるのを嫌がった両親は嘘の情報を流布し、家を出て行ってしまったと言う訳だ。

優菜は――遠い昔に既に亡くなってしまっていたのだ。

第四十六夜

# 呼ばれる家

沫

――早樹さんの娘の由子さんが、無断外泊をした。

思えば外泊どころか、夜遅くに帰宅するような事も無かった娘である。

成人は迎えているが、未だ学生と言う身分である。親としてみれば心配極まりない。

電話をしてみるが捕まらない。仕方無く早樹さんは、スマホのＧＰＳ機能を使う事にした。

そして娘のいる位置はすぐに割り出せた。それは比較的、自宅に近い場所であった。

「ちょっと由子を迎えに行って来る」と夫に話せば、怪訝な顔で、「どう言う事だ」と聞いて来る。

説明が面倒だなと一人で行こうとすれば、「一緒に行こう」と、夫は車を出してくれた。

辿り着いた場所は、廃屋然とした三階建ての白い家であった。

早樹さんは車を飛び降りるようにしながら家の玄関へと駆けて行き、位置情報を確かめる。

自身のいる場所と由子さんのいる位置が完全に重なっていた。

「由子、どこなの？」

玄関を開けて大声で叫ぶ――が、応えは無い。早樹さんは土足のまま家の中へと上がり込む。

そして早樹さんはその場で電話を掛けてみると、間もなく家のどこからか着信音が聞こえ始めた。

間違い無くここにいる。強くそう確信して早樹さんはその音を頼りに家の奥の方へと踏み出せば、何歩も進まない内にブツッと音がして電話が繋がったのだ。

「もしもし――」と、由子さんの声。

「もしもし！　由子、どこなの？」

ほとんど怒鳴り口調でそう問えば、由子さんは「お母さん」と返事をする。しかもその声、電話からのものと実際に耳に聞こえる生の声とで、二重に聞こえるではないか。

確かに近くにいる。そして早樹さんはほとんど直感で、「二階だ」と思い、階段を駆け上った。

由子さんの声は止まず、ずっと早樹さんに向かって喋り続けている。

「ねぇ、お母さん。ねぇ――」

泣きそうな声でそう言いながら、「ここだよ」と訴え掛ける。

「どこなの？」

「ここ――ここにいて」と由子さん。「ここにいて欲しいの」

同時に腕をつかまれた。見ればそれは夫で、その顔はひどく強張っていた。

「もう帰るぞ」と夫。訳の分からない早樹さんは、「由子を探してるの！」と言い返せば、「由子は今夜、帰って来るから」と、ほとんど暴力的なぐらいに力で家から引き摺り出され、車に乗せられた。

結局由子さんは夫の言う通り、その日の晩の内に帰って来た。どこに行ってたのと問えば、友人と一緒に旅行に出掛けていたと言う。

「ちゃんとそう言ったじゃない」と由子さん。

どうやらおかしいのは早樹さんの方らしかった。

由子さんは無断外泊でもなんでもなく、ちゃんと両親に旅行へと出る旨を伝えた上での事だったらしい。そして早樹さん自身も、出掛ける日の朝に「気を付けてね」と送り出したのだと言う。

もちろんその記憶は全く無い。

結局、廃屋での一幕について、夫は黙っていてくれた、だが確実に、その日を境に早樹さんは病んでしまったらしい。

翌日から早樹さんの奇行が始まった。突然肩をつかまれて、「帰るぞ」と夫に言われるまで、何故か早樹さんは例の廃屋の中にいるのだ。

間もなく早樹さんは精神科を受診し、要入院と診断された。

そして病んだ原因も、その病院で理解した。原因は、夫と娘の死であった。

——娘の由子は、友人と旅行に行くと言って家を出て、戻らなくなった。

数週間後、由子の遺体が近所の廃屋の中で見付かった。しかもそれは他殺体であった。

そして夫は自身を責めた挙げ句、娘の見付かった家の中で自死をした。だがその辺りの記憶は、早樹さんの中に全く無いのである。

早樹さんは今も尚、某所にて入院生活を続けている。

そして早樹さんが迷い込んだ例の廃屋と、家族二人を失った廃屋とが、同じ場所に建つものであるかどうかは知らないのだと言う。

第四十七夜

# 介護

沫

明音さんがケアワーカーの仕事に就いて三年になる。

彼女が担当しているのは、自宅に赴いて家事や食事を面倒見る程度の比較的軽度な方達ばかりらしい。

最近、明音さんが新しく担当になった人に、Hさんと言う若い女性の方がいる。

手足に軽度の障害を持っている為、食事の準備や入浴時の介助を必要としている方だ。

明音さんにとっては一日の最後の仕事がそのHさんの家の訪問となっていた。

「こんにちは」と、玄関を開ければ、もう既に玄関先にペットボトルや雑誌などが放り投げられている。今日も掃除のし甲斐があるなと苦笑しつつ、彼女は靴を脱いでスリッパに履き替えた。

Hさんは居間のソファーの上で呆然とした表情を作り、明音さんを出迎える。

感情的な性格ではないと聞いてはいるのだが、部屋の荒れ具合と挙動不審な彼女の対応を見る限りでは、そうでもないような気がする。

実際に明音さんは、彼女から物をぶつけられそうになった事が何度かある上、「出て行け！」と怒鳴られた過去もある。そうなる時は決まって、彼女は極度の興奮状態となっていた。

ある日の事。Hさんの家へと向かうと、何故か彼女は髪や衣服がひどく乱れた状態で、ソファーの上で泣いていた。どうしたのかと聞けば、Hさんは理由も説明せず、今夜はここに泊まって行って欲しいと言うのだ。

明音さんは咄嗟に、彼女に対して暴行を加える存在がいるのではと勘ぐった。明音さんがそれを了承すると、いつも通りに食事の準備をし、彼女と一緒の夕食となった。

しばらくは何事もなかった。いつ何時、玄関のドアが叩かれるのだろうかと緊張はしていたが、どうやらそんな心配も無いだろうと思った矢先の事だった。

Hさんは物凄い形相で明音さんをにらみ付け、荒い呼吸となり始めた。何を怒っているのだろうと思ったが、違った。Hさんの視線は明音さんを通り越し、その背後を見ていた。

そして彼女はそれに気付くも、振り向く事が出来なかった。確かに、確実に、背後に脅威なる〝誰か〟がいるのだ。

Hさんは手近なものを掴むと明音さんの背後目掛けてそれを投げつけ、震える声で、「出て行け！」と怒鳴る。明音さんは咄嗟に彼女に駆け寄ると、その身体を強く抱きしめ、「大丈夫だから」とささやく。だがHさんは尚も、「出て行け、出て行け」とうわごとのように呟き、そして涙を流した。

後日、明音さんはHさんをそこから連れ出し、自宅へと向かった。良く良く聞けばその家は、介護支援団体が好意で貸してくれている物件なのだと言う。

Hさんの新居が決まり、引っ越しの荷物もあらかた片付いた頃、入れ違いのようにして車椅子の男性がその家へとやって来た。

介護支援団体のスタッフと共に家の中へと入って行ったが、明音さんはその背に何も声を掛けてあげる事が出来なかった。

第四十八夜　節穴

沫

かなりの古い家だった。

木造平屋で茅葺きの屋根。築年数については、正確な数字は家族の誰もが知らない。

睦月さんは生まれた時からその家で暮らしているのだが、おそらく家族は誰も気付いていないだろう、睦月さんだけが知る秘密があった。

それは居間から一つ奥に入った場所にある、通称、客間と呼ばれる部屋。そこの壁の一部分に節穴が一つだけ開いているのだが、たまにそこから人の目が覗くのである。

なんとなくだが成人した男性の目のように感じていた。

目は、睦月さんが一人でその部屋にいる時だけ現われる。ひょいと出てはせわしなくきょろきょろと左右を見回す。だが不思議な事に、睦月さんだけを凝視するような真似は絶対にせず、まるで空気であるかのように気にも留めないのだ。

ある夕暮れ時の事だった。奥の部屋に用事があり、その客間の中を通り過ぎた時。節穴の中の目は既にそこにあった。

いつものように無視して通り過ぎればいいものを、何故か睦月さんはその瞬間、その目の主に話し掛けてしまったのだ。

「今夜は私以外誰も帰って来ないよ。たまにはそこから出て来たら？」

言うと、初めてその目は睦月さんを見つめ、そしてゆっくりと瞼を閉じた。それを見て睦月さんは、「今笑った」と感じたらしい。

ある時、睦月さんはその目がどこから出ているのかを調べてみようと思った。

その節穴の向こうがどうなっているのかを知りたかったのである。

だが不思議な事に、その向こう側がどこに位置するのか全く分からない。物置、仏間、そして祖母の部屋と、怪しい箇所は全て見て回ったのだが、節穴が開いている〝向こう側〟は結局見付からなかったのだ。

後日、今度は巻き尺を使って寸法を測り、本格的に調べた。すると意外な事に、客間から見る節穴の反対側には約三尺四方ほどの空間がある事が分かった。だがその空間、どの部屋のどの場所からも辿り着けない場所だったのだ。

結局睦月さんはその謎の部屋の存在を諦め、その目との交流もしなくなった。

そして年月は経ち、睦月さんは大学へと進学するのと同時に、家を離れる事となった。

家を出るその当日、一人客間へと向かえば、例の節穴から覗く目があった。

「じゃあね」と睦月さんは軽く手を振る。

目は、今度こそはっきりと分かるぐらいに笑った。

現在、家はもう無い。老朽化の為、取り壊されたのだと聞く。

# 第四十九夜　カーナビ

沫

亀井さんはある時、欲しがっていた中古のカーナビを購入した。

すぐに車に取り付けて起動してみるとそれは無事に動いた。

一緒に取り付けを手伝ってくれた友人の平岡は助手席でそれを勝手にいじり出す。すると地図上にいくつかのポイント履歴が浮かび上がった。

「これ、地元民だな」と平岡。

端的過ぎるが意味は分かる。そこに表示される履歴を見る限り、どこも車で向かえる範囲ばかり。ついでに平岡はそれを眺めながら、「これ使ってたの、多分女だな」と嬉しそうに言う。

確かにその通りだろうと亀井さんも思ったらしい。登録されている地点はどれも女性が利用するであろう店やスポットばかりだったからだ。

突然平岡が、「おっ」と声を上げる。実に馬鹿馬鹿しい事だが、カーナビの〝自宅〟と言う箇所を押せば、その登録地点が現われたからだ。

しかもそれはさほど遠い所ではない。亀井さんはすぐに「言うだろうな」とは思ったが、やはり平岡は間髪入れずに「行ってみようぜ」と言い出した。

亀井さんは最初それを渋ったが、結局はカーナビを買った高揚感からか、「近くまでならな」と条件を付けて承諾してしまった。

既に陽は暮れている中、亀井さん達は出発した。

元の持ち主の自宅近くには、二十分も走らないまま到着した。そこは山裾らしい勾配で、高低差の目立つ住宅地。道も大通りを逸れるとやけに曲がりくねっており、まるで迷路のような道ばかり。

自宅の場所は既に地図上に見えているのに、幾度も曲がる道を間違える。そうしながらも結局、その登録地である自宅前まで来てしまった。

『目的地に到着しました』

ナビが音声で知らせる。だがその赤い印が差す場所には何も無く、ただの空き地でしかなかった。

しばらくその空き地を眺めた後、どちらともなく「帰るか」と言い出す。

しかしその場所は行き止まりの道で、帰るにはUターンするかバックで出て行くしかない。仕方無く亀井さんはその空き地に車を乗り入れるが、その地面は相当にぬかるんでいたらしく、タイヤは空転を始めて完全にスタックしてしまった。

そこで言い争いになる二人。お前が降りて押せよと、お互いに面倒な役を押し付け合っていると、突然に車の窓を叩かれた。

「どうしたの？　動けなくなった？」

見ればそこには亀井さん達よりも少しだけ年上ぐらいの男性の姿。どうやらこの近所の人らしい。男性はすぐに四駆の車で来てくれて、いとも簡単に亀井さんの車を引っ張り出してくれたのだ。

助けられた後、その男性に、「なんでこんなとこ来たの？」と質問された。それには素直に答えた。但し着いた先が空き地だった事から、「悪戯だったかも」と付け加えながら。

するとその男性、話を全て聞いた上で、「それって悪戯じゃないかも」と言い出す。実は数年前までこの空き地に住んでいた女性がいたと言うのだ。

男性が言うには、かなり変わっている女性だったらしい。

土地は確かにその女性が所有するものなのだろうが、そこに何かを建てると言う事はせず、週末になれば四駆で乗り付け、その空き地にテントとタープを建ててキャンプをしていた。

「ではその女性は？」と亀井さんが聞けば、「亡くなった」とその男性。

ある晩一体そこで何が起ったのか。真夜中にテントが燃え、中にいたその女性は酷い火傷を負い、病院に搬送されるも息を引き取ったと言う。

「多分それ、悪質な放火じゃないかなあって俺は思ってるんだけど」と男性。

「それじゃあこのカーナビ、その人が使っていたもの？」

聞けば男性はちょっとだけ首を傾げて、「趣味の車だもん、車カーナビは付いてなかったんじゃないかなぁ」と言った後、「しかも車まで全焼しちゃったしね」と続けた。

結局、そのカーナビがどこから来たのかはまるで分からないままなのだ。

第五十夜

# 抜け穴

沫

恭介さんが小学生だった頃の事。実家で一人暮らしをしていた祖父が亡くなった。葬式を済ませた後、祖父が住んでいた家を取り壊すと言う話が出た。父曰く、もう実家に戻るつもりは無いからだと言う。

さて問題はその家の中にある家財道具である。どう処分しようかと父は何度も実家へと足を運んでおり、時折、父と一緒に恭介さんも付いて行く事があった。

実家の庭の隅には、恭介さんの興味を惹く場所があった。それは小高い丘のような場所に掘られた人工の洞穴。もうその内側は長年の風雨によるものだろう、流れ込んだ土でほぼ埋まってしまってはいる。だが子供一人ぐらいならば余裕で姿を隠せるぐらいの深さはあった。

「これって何?」と恭介さんが聞けば、「知らん」と父は言う。

どうやら父が子供の頃からそこにあったものらしく、祖父に聞けば今の父と同じく、「知らん」としか返って来なかったらしい。

「ただ——なぁ、一度だけ家のどこからか入って、ここから出て来れた事があるんだ」とは父の言葉。

今と同じように穴の内側は塞がっていたんだが、本当に一度だけここから出て来れたんだよと父は不思議そうにそう言った。

但し、家のどこから入ってそこに抜けたのかだけはもう完全に覚えていないと言う。

さてその日の夜。思いの外時間が遅くなり、恭介さんと父はそのまま実家に泊まる事となった。恭介さんだけ先に風呂から上がり、布団を敷いた客間へと向かう。するとそこには人がいた。いや、人と言うよりは姿形がつかめない〝ヒトガタのようなもの〟とでも言えばいいのか。とにかくその容姿は厚手の布を頭からすっぽりとかぶった状態で、その中身はまるで分からないのである。

何故か不思議と、恭介さんはその存在を怖いと感じなかったらしい。したがって、その存在がまるで恭介さんを誘うかのように布をはだけて迫って来ても、悲鳴一つ立てず、逆らう事もしなかった。

恭介さんはその存在に包まれた。ふわりと布がかぶさる感覚があり、その内側に取り込まれたのだと理解する――が、それは僅か一瞬だけの事で、気が付けば恭介さんは外にいた。

ここはどこだと身を起こせば、その天井部分に頭をぶつける。

驚いた事に、そこは庭の隅の洞窟の中だった。穴から出ると頭上に輝く三日月が見えた。

どうしてここにいるんだろうとぼんやりしていると、遠くから父の叫ぶ声。それは母屋の方から聞こえる声らしく、しきりに恭介さんの名前を連呼している。

家へと戻れば父は血相を変え、どこに行っていたと聞く。そこで恭介さんが今しがたの事を話せば、父はしばらく考え込んだ挙げ句、「思い出したぞ」と言うではないか。

父がまだ幼く、恭介さんぐらいの年の事だったらしい。先程の恭介さんと同じく、その何者かの内側に取り込まれ、気が付けば例の洞穴の前だった事を思い出したと言う。

さて、後日に業者を頼み家財道具の一切合切を引き取ってもらった後、恭介さんは父と二人で例の洞穴の中の土砂を掘り起こした。するといくらも掘らない内にその中からはごろごろと大量の人骨が見付かった。

慌ててその件を地元の警察に報告するが、鑑定の結果その骨は全て江戸時代後期辺りのものらしく、おそらくはその洞窟、元々は塚のようなものだったのだろうと言う事で落ち着いた。

だが、その穴の最下層辺りから掘り出された人骨がその話を一変させる。

その骨だけは他の骨とは違って比較的新しく、調べてみた結果、それは父の母親、要するに恭介さんの祖母に当たる人の骨だった。

「俺が小さい頃、離婚して出て行ったって聞いたのに」と、父はとても嘆き悲しんだのを覚えていると、恭介さんは語った。

その祖母の人骨に関しては事件性を疑われたが、結局は一番怪しい祖父もいない今、どうしようもないだろうと言う事で有耶無耶になってしまったらしい。

現在、祖父が一人で暮らしていた場所には、もう家も洞穴も無いと言う。

# 第五十一夜　育つ黒子

沫

孝吉さんと言う三十代の男性がいる。

その現象は、彼が中学の頃から始まった。

最初は本当に小さな黒い〝点〟だったそうだ。それこそ油性ペンの先っちょで、ツンと突いた程度の丸い点。それが彼の部屋の壁の一画で見付かった。

「なんだこれ」と、指先でこする。だがまるで取れて来ない。

少しして気が付く。あれっ、この点って前より大きくなってないかと。

点はやはり大きくなっていた。それこそ最初の頃の成長はとても早いものだった。

いつの間にか点はゴルフボール程度の大きさとなり、さすがに慌てた孝吉さんは、親にバレないようその上にアイドルのポスターを貼った。

やがて孝吉さんは高校生となり、それなりに出来た友人が家へと押し掛けて来た。

大勢でくだらない話をしながら盛り上がっている最中、友人の一人が立ち上がろうとして、手を突いてしまったのが例のポスターの上だった。当然破れるポスター。そしてそこから出て来たのは、あれから更に成長していたのだろう野球のボールほどに大きくなった黒い点。それを見て友人達は、「お前、そう言う趣味あったのか」と、感心するような声を上げた。

「これって何だっけ？　ベートーベン？」

「違うわ、シューベルトとかそんなんじゃなかったっけ？」

意味が分からない。友人達は一体何を見ているのだと視線を追うが、やはり全員、その黒い点を見ていた。

「なんかアレだよな。音楽室に掛かってる絵のどれか」

「そうそう、それそれ」と皆は笑う。そして全員、「アイドルよかこっちの絵の方がいいわ」と言うのである。全く何が見えているのかが分からない。孝吉さんは今度は大きなサイズの世界地図を購入し、その上に貼り付けた。

だがその辺りから孝吉さんの考えは変わって行ったようで、〝隠す〟と言うよりは、〝人目に触れさせたくない〟と言った感じで、暇さえあればポスターをめくってその点の成長を楽しみにするようになっていたと言う。

それから数年後、就職の決まった孝吉さんは家を離れる事になった。

例の点については心残りがあったが、時々帰って来ようと決心しながらお別れをした。

さて、新しい住居で暮らし始めて一ヶ月程経った頃、実家からの電話で、「あの部屋の絵、とてもいいわね」と母親にそう言われた。

すぐに察した。例の黒い点の事だと。だが母親もまた孝吉さんとは違うものが見えているらしく、「チャイコフスキーね。私も好きだったの」と言う。

そこで孝吉さんはいても立ってもいられなくなり、早々に会社を辞めて実家へと帰った。

今では地元の会社に就職を果たし、実家で暮らしていると言う。

現在、孝吉さんはレコードショップで働いている。

## 第五十二夜　住まない物件

沫

向井さんは某不動産会社にて管理の仕事をしている。

そこにはいくつか曰くのある物件が存在しているが、その中の一つ、〝腑に落ちない物件〟の話を語ってくれた。

人の住まない家——とは言っても、それは別に事故物件でもなんでもない。

K市の中心部にあるメゾネット〇〇。新築のアパートメントの二階、角部屋。とても好条件の部屋なのだが、建って三年も経つと言うのに未だ借り手が付かないと言うだけの話。

案内した客は何故か、内見の後、「別の所がいい」と言い出すのだそうな。

実際に向井さん自身もそこへと足を運んで中を見た事が何度かあるが、リビングが畳敷きの和室であると言う事以外、特に変った事は何も無いのだ。

ある日、部長がしかめっつらで向井さんを呼びつけ、とんでもない事を言い出した。

「お前一回あの部屋で寝泊まりして来い」——と。

理由を聞けばどうやら大家がご立腹で、すぐにその理由を調べろと言う訳だ。

仕方なく向井さんは、最低限の荷物でそのアパートへと向かう。

中は当然の事ながら家具の類は何一つ無い。向井さんはがらんとした寂しい空間にパソコンを置き、寝袋を敷く。そうして開いたパソコンの内部カメラで、部屋の中の撮影を始めた。

正直、夜までは何も起こらなかったし、その後も何も起こる気配が無い。仕方なく向井さんは部長に電話を掛け、早々に寝る事に決めた。

だが部長は電話には出なかった。しょうがないので留守電に、「何も起きませんでした。もう寝ます。おやすみなさい」とだけ入れて寝袋にもぐり込む。そしてその翌朝、会社へと向かって初めてその異変に気付いた。

「お前昨日、俺に電話しただろ？」と部長。

「えぇ、しましたよ。まだ夜の九時なので起きてるかなと思いまして」

言うと部長は、「お前、女連れ込んでいただろう」と聞く。

「女ですか。それはちょっと皮肉にしか聞こえないんですけど」と笑うと、部長は大真面目な顔で、「冗談言ってる訳じゃないんだ」と、向井さんにスマホを渡して、「聞け」と言う。

それは昨夜、部長に向けて留守電を入れている向井さんの声の記録だった。

「何も起きませんでした。もう寝ます――」と話しているその背後に、不鮮明だが間違いなく女性のものであろう声が入っていた。

少々遠いので何を語っているのかまでは分からないのだが、なんだか詩の朗読のような棒読み加減の口調だ。

「本当に誰も連れ込んでないんだな？」

念押しされた向井さんは、「録画しているので確認してください」と、手に持ったパソコンを渡した。

受け取った部長は、「俺が見るからお前はそっち行ってろ」と、向井さんを邪険に扱う。そうして実際に画像を確認しているのだろうか、突然部長は両手で頭をおさえて苦悶の表情になる。

「何か写ってるんですか？」と、向井さんが慌ててそれを覗き込むと、意外にも画面は真っ暗なだけであった。

部長はすぐにどこかへと電話をし、そして向井さんを連れてそのアパートへと急ぐ。

アパートには何故か神主さんが待っていた。神主さんは一通りその部屋をお祓いした後、今度は向井さんのお祓いを始めた。

会社へと戻り、「何でですか？　何も映ってませんでしたよね？」と、部長に食って掛かれば、「最初から見ろ」と、パソコンを押し返された。

再生ボタンを押す。まずは向井さんの顔のアップがあり、「録画になったかな？」と言う声に続いて彼が寝袋の方へと引っ込めば、そこには向井さんを見つめる〝もう一人〟の女性が座っていた。

「さなたぁどぅ、そのなよなぬなう……」と、棒読み口調の女性の声が遠くから聞こえる。

向井さんがパソコンの前から退くのを確認した後、今度はその女性がパソコンの前へと座り、そして食いつくように眺めた後、カメラに向かって思いっきり顔を近づけた。

「あなたのためだけ、あなたのために、ためだけで……さなたぁ、どぅ……」

暗転――向井さんが見た真っ暗な画像はその女性の顔のアップだったのだ。

それから少し経った頃、例のアパートを借りたいと言う人が現れた。三ヶ月経った今も、まだその住人はそこに住み続けている。

第五十三夜

# 隙間のある家

沫

この話は語り手の恭一さんが、とある事故物件紹介サイトで見付けた某家屋にまつわるエピソードである。

――比較的自宅に近い場所で一軒の炎上マークを見付けた。事故の内容は、家の中から他殺体が発見されたと言うものらしい。

調べてみればそこは賃貸の一軒家で、管理会社の名前もすぐに分かった。恭一さんがその会社へと連絡をすると、いとも簡単に内見の約束が取れた。

内見には恭一さん以外に二人、声を掛けた。一人は恭一さんの彼女でもある津久美さん。そしてもう一人は大学時代からの友人である、一歳年下の上田君である。

筋書きとしては、恭一さんと津久美さんとで一緒に暮らす家を探していて、ついでに暇な友人である上田君が同行すると言う体であった。

但し実際の役割としては、極力恭一さんが案内人に話し掛けて注意を引いておく。そしてその間に他の二人が家の中を撮影して回ると言う手筈。

さて、内見当日。管理会社の車に乗せてもらって到着した家は、想像していたよりもずっと古く、そして大きなものだった。

入った瞬間、妙な違和感に気が付いた――が、どこの何が変であるかまでは分からないまま玄関を上がる。

やけに奇妙な間取りの家だった。玄関から続く廊下がまるで迷路のように入り組んでいて、あちこちに物置と呼べるぐらいに小さな部屋が異様なぐらいに点在していた。

「ねぇこの家、なんでどこもかしこも扉が半開きなの？」と津久美さん。そこでようやく恭一さん自身、その家に感じる違和感が理解出来た。見れば津久美さんの言う通り、どこの部屋のどの扉も、僅かながら隙間を開けているのである。

気が付けば開いているのは扉だけではなく、天袋の襖戸や窓のカーテン。収納用の開き戸すらも開いているのだ。

特に暗くて中が見えない部屋の隙間はやけに気味が悪かった。

部屋数が多い分、そう言った感じの隙間はあちこちに見受けられた。

そしてそんな恭一さんの疑問に気付いたか、案内役の若い担当者の男性、恭一さん達の後方で片っ端から開いている扉を閉めて回っていた。

何かあるぞ――とは、他の二人も察した様子だった。

上田君が「二階も見ていいですか」と案内人に聞けば、担当の男性はやけに慌てて、「掃除が済んでいないのでお勧め出来ません」と言う。

それでも見たいと上田君が押せば、「ちょっと会社に連絡して許可貰えるかどうか聞いてみます」と、その担当は玄関から外へと出て行ってしまった。

そのタイミングで上田君は二階へと向かう。そして津久美さんは片っ端からカメラを回し、映像に収めて行く。

その間、恭一さんは玄関まで向かって外にいる担当者の様子を伺う。遠くからその男性が電話に向かって話す声がぼそぼそと聞こえて来る。

あまり鮮明な声ではないが、「お客さんが二階を見たいと言ってます」とか、「なんだか前と同じで、どこの部屋の戸も開いちゃってるじゃないですか」と、かなり不機嫌そうな口調であった。

そしてその担当の男性が戻って来ると、「案内させていただいている最中ですが、生憎このお宅は、先程契約しに来ていただいたお客様がいらっしゃるそうで」と、無理矢理に内見を打ち切ろうとして来る。そしてそのタイミングで、津久美さんと上田君が帰って来るのだが、見ればどうにも二人の様子がおかしいのだ。

「ねぇここ、頻繁にあちこちで物音がするんだけど」と津久美さん。

各部屋の扉の隙間が怖いので、津久美さん自身も片っ端からその扉を閉めて歩いていたのだが、少しするとその閉じた部屋から、「スッ」とか、「ギギ……」と、妙な音がする。

そして後で同じ場所を歩けば、先程閉めた筈の扉は全てまた、僅かな隙間を開けていると言うのだ。

「二階には行けなかった」とは、上田君。

階段は上れるには上れる。だが一番上まで行くと、そこの階段の手摺りには〝もうこれ以上は踏み込むな〟と言わんばかりの注連縄《しめなわ》が張られており、その下には小皿に作られた盛り塩までもがあったと言う。

しかも二階にはまだ物が置かれていた。

一階には全く物が置かれていないのに対し、何故か二階には当時のままだろう程に家財道具が溢れており、生活臭が漲《みなぎ》っていたらしい。

そこで突然、津久美さんが、「これ何?」と、押し入れの襖の前へと移動する。どうやらそこで何かを見付けたらしく、指先で柱の辺りを引っ掻き始めた。

「どうした?」と恭一さんが近付けば、「ここに何か貼った跡がある」と津久美さん。

見ればその柱と襖を繋ぐようにして、〝何か〟を貼っていただろう糊の跡。気付けばその跡はどの扉や襖にも同様の痕跡が見受けられた。

これは本物だなと、誰もが思ったそうだ。

後日、津久美さんと上田君の二人が撮った写真を確認してみれば、かなり多くの写真に不可思議なものが写り込んでいた。扉の隙間から覗く〝目〟や、襖の端を押さえる〝手〟。そんなものが幾枚もの写真から見付かった。

後日、その家の事故について更に深く調べてみると、七人家族の内の二人が、二階の部屋の一室にて他殺体で発見された事に拠ると出て来た。

更にもう一人が一階の部屋にて自死。そして他のもう四人については、未だにその行方が分かっていないのだと言う。

その家は現在、借り手が付いたと言う事で紹介物件には出て来る事は無いが、実際は今も尚、空き家のままである。

第五十四夜　日記

沫

玲二さんの元に、少しの期間だけ交際をした女性から荷物が届いた。

開けるのを躊躇った。なんとなく嫌な予感はしたのだ。

包みを開けやはり後悔をした。それは別れた彼女――貴絵の書いた、ノート数十冊分の日記だった。

そこには玲二さんと別れた直後から書き始めたものだろう、彼の知らない空白の三年間の出来事が綴られていた。

日記の冒頭は玲二さん宛ての恨みつらみからだった。

内容は我が儘甚だしく、別れた原因については全て玲二さんが悪いと言う事になっていた。

だがその心情は時々によって目まぐるしく変わっていたらしい。

時にはよりを戻したいと言った感じのものがあれば、ポエムや散文詩が書かれていたり、時には玲二さんを想定して描いたのだろう男性の顔などが書き込まれていた。

中には、〝彼を殺して私も死にたい〟と言った一文もあり、これは相当に病んでいると確信した玲二さんは、果たしてこの日記はどんな結末で終わっているのだろうと気になり、最新のものを探す事にした。

それは箱の一番下にあった。

開いて、玲二さんはゾッとした。一体いつの間に調べたのであろう、玲二さんの住むマンションの間取りが事細かく絵で描かれている。

それはとても緻密で正確で、部屋の中の家具の配置に至るまでがそこに記載されていた。

そして次のページには、今現在付き合っている女性――美怜の事までもが書かれている。

これは異常だ。そう悟った玲二さんは、その日記の最新のページを探った。

やがてそれは見付かる。日付は今から四日前に書かれたもので、そのページには殴り書いたかのような激しい字で、〝今から逢いに行きます〟と言う一文で締め括られていた。

玲二さんは慌てて家を出る決意をする。とりあえずは美怜の住む家へと転がり込もうと決意して、必要最低限のものだけバッグに詰め込みマンションを飛び出した。


美怜の家へと落ち着いてすぐに、玲二さんは引っ越しの手続きを始めた。

もう二度と向こうには戻りたくない。そう思って玲二さんは、引っ越し業者に一切合切を任せる事にした。

美怜は同居を嫌がる事はしなかったが、荷物が増える事に関しては不満そうであった。

業者には、引っ越し先を聞いて来る人がいたら絶対に教えないようにと念を押しておいた。だが実際、そう言う事を聞いて来る人はいなかったと言う。

荷物も運び終わり、ようやく玲二さんが安堵した所で、美怜の家に警察がやって来た。玲二さんに任意同行を求めると言うのである。

理由は、先日まで玲二さんが住んでいたマンションの天井裏から、女性の遺体が発見されたからと言う事らしい。

一瞬で悟る。おそらくは貴絵の遺体なのだろうと。

天井裏には遺体と一緒に置かれていたと言う一冊のノートがあった。玲二さんはほぼ強制的にそれを読まされた。

やはりそれは貴絵の書いたものだった。しかもそれは日記で、玲二さんの所に送って来た日記の続きにあたるものだったのだろう。日付を見れば書き始めは四日前からとなっていた。

内容的には前に見た日記とほぼ同じであった。但し書かれてある内容を読む限り、〝ようやく荷物が届いた〟だの、〝慌てて出て行こうとしている〟などと、玲二さん自身の行動がリアルタイムで書かれている所が不気味であった。

おそらくは貴絵が、玲二さんの部屋の天井裏で書いていたものだったのだろう。

結局、その遺体についての玲二さんの容疑は晴れはしたのだが、良く良く聞いてみれば事態はもっと深刻だった。

どうやら天井裏で見付かった遺体は貴絵のものではなく、完全な身元不明の遺体だったらしい。

おそらく貴絵はまだどこかで生きている。

ちなみにその〝貴絵〟と言う名前すら、偽名であったと言う事だ。

第五十五夜

# The Swimming Dead

沫

当時大学生であったFさんは、やむなく台湾に住む叔父の元を訪ねる事となった。

原因はFさんの友人関係にあった。簡単に説明すると、夜の街で羽目を外し過ぎた友人達が警察沙汰になる程の事をしてしまい、その場にいたFさんもその騒動に巻き込まれたと言う訳だ。

当然大学も自宅謹慎処分となる。家に居づらくなったFさんが、仲の良かった叔父に頼るのも無理は無かった。

叔父は独身を貫き通している人だった。モテなさそうと言う訳ではない。おそらくはそう言う事に振り回されたくない人なのだろう。実際人としてとても魅力的であり、Fさん自身も叔父のように生きたいと思う場面は今までにもいくつもあった。台湾の叔父の家は、彼の趣味で溢れ返っていて、そこがまた男の隠れ家的なイメージがあり、Fさんはとても気に入っていたのだ。台湾での生活は刺激に満ち溢れていて、叔父はことある毎にFさんを歓楽街へと連れ出し、日本では到底味わえないような大人の遊びをいくつも教えてくれた。

叔父は生来の自由人な為、その時々で家を留守にする事が多かった。その都度叔父は、「何でも自由に使え」とだけ言い残して家を出る。もちろんFさんはその通りに振る舞っていた。

ある長期出張の際、Fさんは叔父の机の引き出しからVHSのビデオテープを数本見付けた。見ればラベルの貼ってあるものや、何も印の無いものまである。ただなんとなくその中身は、大人向けのものだろうと言う想像は働いた。

当時はまだアダルト系のビデオはなかなか入手困難な時代だった為、Fさんは叔父が帰って来るまでに全部観てしまおうと画策した。

まずは一本目。完全に素人の手による映像なのだろう、手ぶれは酷く、画像が粗い上にあまりにも右へ左へと画面が振れるので、途中で気持ち悪くなって観るのをやめた。

二本目はあまりにも映像が暗すぎて、何が映っているかがまるで分からない。

三本目にしてようやく期待出来る程度の映像となった。ハイレグの水着の女性が、ホテルの一室だろう部屋のベッドで仰向けに寝ていると言う内容だった。

やっぱりアダルトビデオだ。そう思って顔をにやつかせるFさんだったが、観ていても一向に進展が無い。ただそこに女性が寝ているだけで、何も起きないのだ。映像を一旦停止にするFさん。そしてそのまま早送りにして観るが、やはり内容に動きは無い。そのまま二時間分の映像は終わってしまった。

だがそれが静止画像でない事だけは分かる。部屋に差し込む窓の明かりが、その二時間の間で動いているのが見て取れるからだ。

ではそこに映る女性はそこで何をしていたのか。単純に、ただ寝ていただけなのか。それにしても寝返り一つ打たない睡眠と言うのもおかしい。そうなると出て来る結論はただ一つ——

怖い想像へと行き着いたFさんは、そのビデオテープを元あった場所に慎重にしまい直した。もしもこれを観たと言う事が叔父にばれたらどうしようと思いながら。

だが、叔父は帰って来ない。待てど暮らせど何の音沙汰も無いままに一週間が過ぎた。

叔父から預かった生活費で食事等に困る事は無かったが、さすがに心配になったFさんは叔父の携帯電話に連絡を入れた。

だが出ない。それからと言うもの一日に数回電話を入れるが、全く出る気配が無い。

そうこうしている内に、謹慎解けたのに何をしているんだと激怒する父親からの連絡が来る。

そろそろタイムリミットかと思ったFさん、部屋に書き置きだけを残して帰国した。

日本へと帰ってからと言うもの、何故か定期的に例のハイレグ女性の夢を見る。

女性は身体中の関節が凝り固まっているかのように、とてもぎこちなく緩慢な動きで、ゆっくりと街の中を歩いている。

歩く場所はいつも違うのだが、その女性がどこに向かって歩いているのかだけは分かる。

その目的地はFさんのいる場所。要するに、辿り着く所は場所ではない。Fさんと言う人物そのものが目的地なのだ。

何故それが分かるのかと言えば、その女性が手にしているのが叔父の所持する鉄パイプ。防犯用と言ってリュックの中に入れていた無骨な鈍器が握られているからだ。

「最近その女性、海の近くを歩いているんだよね」とは、Fさん本人の談。

もしも日本まで歩いて来ようとしているのなら、海も自力で渡るのかなとFさんは笑うのだった。

——余談だが、音信不通となった叔父とは未だ連絡が付いていない。

第五十六夜　燃やしちゃってよ　　筆者

昭和の時代のお話である。

池田さんの家の近所で火事があった。幸いな事に発見が早く、一部屋の半分ほどを焦がした程度のボヤで済んだ。そして幸いな事に、そこの家の人は留守だった。

災害に遭った家は、母親と幼い男の子と二人暮らし。無事に鎮火した辺りで、二人は手を繋ぎながら帰って来た。

そこでようやく家の火事を知った母親。慌てながら火元を聞くと、消防士の一人が、「寝室でした」と答えた。

一瞬で母親の顔色が変わる。

「寝室の、どの辺りですか？」

「奥の箪笥の上でした」

聞いた途端、母親は血相を変えて「いやあぁぁぁぁぁーーーっ！！！」と叫ぶ。同時に手を繋いでいた幼い子も一緒に泣き始めた。

「何で消したの？　何もかも全部、燃やしてくれたら良かったのに！」

母親は物凄い剣幕でその消防士に食って掛かった。

後で聞いた話だが、その箪笥の上にはお札が置かれてあったらしい。

何故燃えたのかは不明だが、確かに火元はそこだった。

第五十七夜　深夜の訪問者

筆者

地元の駅を降りれば、時刻は既に深夜の一時。

街灯以外は何も明かりの無い道を、達彦さんはとぼとぼと歩き続ける。

もう間もなく自宅アパートが見えて来ると言う辺りで、前方にハザードランプを点けて停まっている一台のタクシーに遭遇した。

それは一体どう言う状況なのか。タクシーの運転手は車を降り、目の前の家のインターフォンを鳴らし続けている。そしてタクシーの後部座席には二人の若い女性が座っており、少しだけ開いた窓から、その二人の談笑が聞こえて来ていた。

通り過ぎてふと気付く。タクシーの運転手さんがしきりに呼び出しボタンを押しているその家は、先日、一人暮らしの男性が孤独死した家ではないか。

誰かが出て来る訳が無い。達彦さんは取って返してその事を告げようと、タクシーの横を通り過ぎた。その刹那、後部座席の女性二人と目が合った。片方の女性は膝に大きな箱を抱えており、なんとなくだが骨壺を入れた箱を連想させた。

「あの、すいません。そこ多分、空き家ですよ」

声を掛けると、驚いた表情で運転手さんが振り返る。

「しかし、『お金持って来ます』と、女性の方二人が中に入って行ったばかりなんですが」

「女性二人？」と、今度は達彦さんが驚く。二人が車に乗っていて、更に二人がこの中に入って行ったと言う事なのだろうか。振り返れば車内には誰の姿も無い。

今しがた達彦さんが見掛けた女性の事を告げると、運転手さんは青くなる。容姿等が、彼の見掛けた女性達と一致するのだ。

どうしようかと悩む運転手。このままでは車に乗る勇気が無いと言う。

ならば家まで僕を乗せてくれませんかと、達彦さん提案した。家まで行けば、塩もあるし酒もある。なんなら効き目の程は分からないが、お守りなんかもあった筈だと告げると、運転手さんは喜んで、「どうかお願いします」と言うのだ。

達彦さんは後部座席に座る勇気は無く、助手席に乗り込んだ。

家へと着く。ちょっとだけ待っていてくれと言い残し、アパートのドアを開け、電気を点ける。それはほぼ同時だった。台所の入り口に佇む見知らぬ男性老人が、彼に向かって険しい顔で、

「余計な事はしなさんな」と告げたのだ。

達彦さんは慌てて外へと飛び出し、階下のタクシーの停まっている場所まで戻る。だが、いつの間にいなくなったのだろう、見渡す限りタクシーどころか車の一台もそこには停まっていなかったのである。

# 第五十八夜　匿う

筆者

とある午後の日の事だった。

成美さんがそろそろ夕飯の買い物に行かなくてはと思っていた頃、けたたましく玄関のドアが開閉される音がした。

咄嗟におかしいと思った。夫が帰って来るには少々早いのである。

見に行けば、そこには息を切らせてしゃがみ込んでいる制服姿の女子高生の姿。

「どうしたの？」と、驚きながらそう聞くと、その子は人差し指を唇にあてがいながら、「黙っていて」と言う仕草をする。

続いて、「変な人に追われてます」と小声で言われ、成美さんは全てを察した。

「早く上がりなさい」と、その子を連れてリビングへと向かう。成美さんはその子をソファーへといざなうが、その子はそれを拒み、椅子の後ろへと回り込んで身を隠す。

これは相当に怖い思いをしたのだろうなと思っていると、その子は目だけを背もたれから覗かせ、「来てる」と、窓の方を指差す。

見れば確かに、レースのカーテン越しに表の通りを行ったり来たりしている人影がある。

成美さんがそれに気付いた瞬間、人影は小走りに家の方へとやって来て、「バーン！」と両手で窓ガラスを叩きながらへばりついて来たのだ。

思わず悲鳴を飲み込んだ。窓の外の人影は、尚も執拗に窓を叩き続ける。成美さんは「待ってて」とその子を残し、台所へと向かって包丁を持ち出した。

リビングへと戻る。所用時間は僅か一分にも満たなかった筈なのに、何故かあの子の姿が無い。二階かどこかにでも逃げ隠れたのかな。そう思った時だった。

「おばさーん！」と声がして、同時に窓ガラスが叩かれた。それはあの子の声だった。

「おばさん、いるでしょう？　ここ開けてー！　中に入れてー！」と、やけに陽気な声で叫ぶ。

成美さんは痺れた意識でそろそろとカーテンに近付きそれを横に引いた。

そこに立っていたのは、確かにあの子だった。もはや怯えていた表情など微塵も無く、とても楽しそうな笑顔で、「またね」と手を振ると、小走りに消えて行ってしまった。

数日後、またしてもその子と再会した。それは街角に張られている、掲示板のポスターの中だった。

今まで気にはしていなかったが、相当前からそこに貼られていたのだろう程にポスターは色褪せ、そして風雨によって酷い皺が寄っていた。

〝この子を探しています〟

と書かれたその写真の笑顔は、まさしく窓越しに見たあの子であった。

第五十九夜　# 水廻り

筆者

家の水廻りがなかなかに酷いのである。

青田さんが蛇口を力一杯固く閉めても水がしたたり落ちるのは既に当たり前になっており、開けてもごぼごぼと音しか出なかったり、赤さびが混じっていたりもする。そして水はけも悪ければ下水の逆流などもしょっちゅうなのだ。

時折、誰もいないのに台所の水が勝手に流れ出したり、真夜中に浴室から音がするので見に行けば、シャワーが出ていたりした時もあった。

意味不明な床の水浸し事件もあった。漏水を疑い見てもらったが、どこにも異常は無かった。

そう言えば台所の床を踏みならす足音が続いたり、トイレのドアが内側から施錠された事もある。

要するに、水にまつわる場所ばかりがおかしいのだ。

だが特に困るのが水の匂いだ。家の水道から出る水は酷く臭く、泥の匂いや生臭い匂いがするので、とてもではないがそのまま飲料水にする事が出来ない。なので、飲む用や料理用などは、買って来た水か一度湧かした水しか使わない。

風呂の時はもっと不便で、浴槽にお湯を張るとなかなかに異臭のする温泉のようになる。もちろん風呂に入らない訳にも行かないので仕方なく使うのだが、自分自身が余計に汚くなったかのような気分になり、とても不愉快なのだ。

何度も水道業者には掛け合った。だが点検、調査をしてもらうと、結果はいつも〝異常無し〟

なのである。

「これってやっぱ、この家がおかしいのかな」と、青田さんはとある友人に相談をした。

するとその友人、家へと上がるなり青田さんの顔を見て「おかしいのはお前の方だよ」と言う。

すぐに友人に連れられて近くの神社へと向かった。そして友人は、「一人で鳥居をくぐってお参りをして来い」と言うのだ。

青田さんは友人の指示に従った。途端、家中の水廻りが正常に戻ったのだ。

一体あれはどんな現象だったのだろうと、今でも思い返す事がある。

もう二度とあんな状況には戻りたくないなと思いつつ、のんびりと風呂に浸かっていると、どこからか小さな声で「ただいま」と声が聞こえて来た。

途端、湯が泥臭くなった。

# 第六十夜　残留思念

筆者

里穂さんが大学生の頃の話だ。

実家暮らしを卒業しようと何軒かの物件を見て回った、その日の夜の事。

夢に男が出て来た。男は窓辺に立ち、寝ている里穂さんを見下ろしている。

但し部屋の中は真っ暗で、その男は輪郭程度にしか分からない。

嫌な夢を見たなと大学へと向かえば、同じ学科の瑛里沙が眉間に皺を寄せて話し掛けて来た。

「あんた一体、何連れて歩いてる訳?」

どうやら瑛里沙は〝視える〟子らしい。なんでも里穂さんの背中辺りに、真っ黒な影がくっついていると言う。

里穂さんが見た妙な夢の事を話せば、「何か心当たりはない?」と聞いて来る。

そう言えば——と思う。あの夢に出て来た部屋は、昨日案内されたとある部屋に良く似ていたなと気が付く。

その日の午後、里穂さんは瑛里沙と共に昨日の不動産業者を訪ねた。するとその時に案内してくれた男性の担当者が里穂さんの事を覚えており、「どうかしましたか?」と営業スマイルで近付いて来た。

「昨日のお部屋、もう一度見たくて」

担当の男性は快くそれを引き受け、今度は三人でもう一度同じ場所へと向かう事となる。

部屋に入るなり、瑛里沙の表情が険しくなる。おそらく何かを感じているのだ。

「夢の内容は、ここの窓だった？」と、小声で聞く瑛里沙。里穂さんは部屋の窓の一つを見つめ、

「ここだ」と呟いた。そこに男性の姿が無いだけで、夢の光景はまさしくこの場所だった。

瑛里沙は窓を開け外を覗く。眼下には川が流れているが、そこには目もくれず落下防止用の柵を調べていた。

「あった」と瑛里沙。そうして彼女が取り出したのは何も乗っていない小皿。それが左右に一枚ずつあったのだ。

「里穂、これに塩を」と、瑛里沙は自らの鞄から粗塩を取り出した。

「どう言う事なの？」

「多分、風雨で流れちゃったんだよ」

聞いていた不動産担当者の男性は、「ちょっとそれ、何なんですか？」と慌てながら聞く。

そこで瑛里沙が里穂さんの代わりに、この部屋に来た晩に妙な夢を見た話をした上で、「ここに住んだ人って、比較的すぐに出て行ってませんか？」と質問した。

担当者の顔色が面白いぐらいに変わった。すぐさま瑛里沙は、「事故物件って訳じゃないですよね？」と聞けば、「それはないです」と担当者。

「でも……あぁ、ちょっと」

口ごもり、「電話して来ます」と部屋を出て行く。瑛里沙はその声が微かに聞こえるようにドアを開け、「今の内に」と、先程の小皿に盛り塩を勧めた。

里穂さんは言われた通りに塩を盛り、それを外の柵の左右に置く。

「多分もうそれで大丈夫」と、部屋を後にした。

外では担当の男性がしきりに、誰かと会話をしている。上手い具合にこちらに背を向けているので、二人はそっと気付かれないようにそこを通り過ぎた。

帰りの電車で、「結局あの部屋って、誰かが死んだとかじゃない訳?」と里穂さんが聞けば、「そうじゃないと思うよ」と、瑛里沙。

「これはただの推測だけどね、あそこに棲み着いていたのは残留思念」

どう言う事かと聞けば、「あなたの夢に出て来た男性、あの担当者じゃなかった?」と聞く。

あぁそう言えばと、里穂さんは思う。実はあの夢の中で既に気付いていたのだ。この人、知っていると。

「おそらくだけど、昔あの部屋に住んだ女性が、さっきの担当者と出来ちゃった」

でも、すぐに別れた。そこでその女性はあの部屋を出たのだけど、その時の楽しかった気持ちがずっと残留思念となってその場に残っているのだと。

だからあの部屋に入る女性は、大抵その先住者に追い出される。

「じゃああの夢って――」

「きっとその彼女がいつか見た、本当の光景だと思うよ」

真夜中、窓辺に立ってこちらを見下ろす彼。きっとそれは彼女にとって、とても幸せで忘れられない光景だったに違い無いと、里穂さんは思ったそうだ。

第六十一夜　

# 風を絶やすな

筆者

佐多さんの家に限っての事らしいのだが、自宅の仏間には常に扇風機が数台置かれ、それが稼動していたと言う。

意味は分からない。だが一年の内の三百六十五日、その仏間だけは涼風が漂っていた。

「風を絶やすな」とは、祖父の言葉。

絶やしたらどうなると言う佐多さんの言葉に、祖父はいつも、「知らん」としか言わなかった。

だがやがて、その言葉が意味する事を佐多さんは体現してしまう。

それは十八歳の冬の事だった。友人が、「要らなくなった」と言う電気ストーブを家に持ち帰った。佐多さんの部屋には炬燵しか暖房器具が無く、これで今年の冬は暖かく過ごせそうだと、早速電源を入れた。

――が、ものの数分もしない内、バチンと音がして部屋中の電源と言う電源が落ちた。要するに、電力不足に拠るブレーカーの遮断である。

同時に階下で激しい物音と怒声が聞こえて来た。何事かと思い、手探りで階段を下りて行くと、何故か家族の全員が仏間の襖戸を懸命に押さえているのだ。

どすん、バン！　どどどどど――

押さえている父と祖父の身体が、そんな打撃音と共に揺れる。流石に佐多さんも察した。仏間の内側から、〝何者か〟が、激しく襖を叩いている。

「お前、部屋で何かしたか？」

父が襖を押さえながら怒鳴る。佐多さんは気圧されながらも電気ストーブを持ち込んだ事を話せば、「すぐに消せ！」と叫び、「消したらブレーカーを戻せ！」と続けた。

佐多さんはすぐにその通りにし、やがて家中の照明が瞬く。同時に仏間の打撃音も収まった。

後に佐多さんは、あらためてその出来事について家族全員に聞いてみた。

だがやはり納得出来るような返答は一つも無く、ただ「知らん」と言う声しか出なかった。

それから数年の後の夏の事だ。すっかり成人を果たした佐多さん。友人との飲み会ですっかり泥酔をして帰宅したものの、何故か家族の姿が無い。

もう眠くて仕方のない佐多さんはすぐに部屋へと向かい、布団に横になる。

それから何時間が経ったのだろう、階下で何かを引き摺る音で目が覚めた。

ぼんやりした頭で、誰か帰って来たのかなと思った。だがそれと同時に、天井の照明が真っ暗になっている事にも気が付いた。

もしかして、停電？　思ったと同時に、バーンと何かが弾ける音。佐多さんは考える暇もなく二階の窓を開けて裸足のままで飛び下りた。

その晩、その周囲一帯に電気の供給が滞っていた。

佐多さんの家族は全員、既に外へと避難していたと言う事だ。

## 第六十二夜　震える音

筆者

ある時から、家の中で妙な物音がし始めた。

――ブーッ、ブーッ、ブーッ――

耳を澄ませば微かに聞こえる。あれはおそらくバイブレーションコールだろうと、早坂さんは想像した。

最初は子供達のどちらかのスマホの音だと思っていたのだ。

だが違った。その日、例の音が鳴り出した瞬間、子供達は二人共にスマホをいじっている最中であった。

「あの音は誰のだ？」

早坂さんの一言で、家族中が首を傾げた。誰もが皆、自分以外の誰かのスマートフォンだと思い込んでいたのだ。

スマホは全員分、その場にあった。そしてバイブレーションコールは尚も続いている。

あんな音がする機械は持っていないと、誰もが断言した。そしてすぐに家捜しが始まった――が、やはり該当するようなものは出て来ない。

それからも音は度々鳴った。その都度、音を頼りに探して回るが、どうしても音の原因まで辿り着かない。

「これって、私達以外のじゃない？」と長女。

そこから家捜しの方向性が変わった。天井裏や屋根裏。縁の下。要するに普通であれば目が届かないであろう空間に意識が向けられたのだ。

しかし何も出て来ない。どころかそこに第三者がいたであろう痕跡も無い。ならばあの音はどこで鳴る、なんの機械だ――？

と言った所で、またしても聞こえるバイブレーションコール。

その時、早坂さんはこう思った。あれは電話の着信音なのではと。

同時に音が止み、小さいながらも声が聞こえて来た。

『もしもーし。もしもーし』

男の声だ。その声はひとしきり『もしもし』を繰り返した後、『いないか』と呟いて消えてしまった。

それっきり、例の音は鳴っていない。

## 第六十三夜　二階へは上がるな

筆者

東北のとある山村の家でのお話。

――真路さんの家から歩いて十数分の所に、〝本家〟と呼ばれる家がある。そこには年老いた大叔父とその奥さん。そしてその二人の子である、〝春子さん〟の三人が住んでいる。

春子さんの年齢は知らないが、おそらくは四十代から五十代ぐらいであろう。独身で、ほとんど家から外には出ない。昔から少々、精神面で弱い部分があるのだ。

実家には時折、祖父と一緒に顔を出す。本家はとても変わった家で、玄関から上がった右手側は全て、〝開かずの間〟状態なのだ。

但しそれは単なる呼称なだけで、物理的に入れないよう塞がっている訳ではない。生活に不必要であるから使われていないだけの話なのである。

だがしかし、その空間からしか入れない二階部分だけは本当の意味での開かずの間だった。階段の上には溢れんばかりの荷物が詰め込まれ、覗ける隙間すらも見付からない。

真路さんは、何故か昔からその二階が気になっていた。なんとなくだが、〝人の気配〟を感じる事があるのだ。

ある日の事、真路さんはそっと春子さんに、その事を聞いてみた。「春子さんは二階に上がった事あるの？」と。

すると春子さんはぶっきらぼうな口調で、「あるわ」と言う。なんでも昔、首を吊って死んだ叔父がいて、その遺体を春子さんが下ろしたのだと言う。

長年引き籠もりをしていた叔父は、ある日突然、そこの二階の自室で亡くなっていたらしい。

ここ最近、下りて来る姿を見てないなと心配になり見に行けば、叔父の遺体は既に腐乱が始まり掛けていた。

「ただなぁ、なんかおかしい死に方だってん」と、春子さんは続ける。

叔父は梁からロープを下ろし、首を吊った。だが遺体は床に転がっていた。どうやら死ぬ途中で怖くなったらしい、手に持ったナイフでロープを切断しているのである。

だが、高さが合わない。ロープは梁のすぐ近くで切られており、首を吊っていたとしたら、手を伸ばしてもそこまで届かないのだ。

しかも叔父が登ったであろう踏み台が見付からない。それどころか、叔父の身長とロープの長さを足せば充分に足が床に届く距離で、物理的に首をくくるのは不可能だったのだ。

だが、その遺体のポケットには叔父の筆跡で書かれた遺書があった。かなり無理矢理だが、結局は叔父の自殺と言う事で片付いてしまった。

「遺書もなぁ、なんかおかしくてなぁ」と、春子さんは言う。

もう生きるのを諦めますと言う、いかにもな遺書らしき文面が並び、そしてその最後に大きな文字で、こう書き殴られていたと言う。

〝二階へは上がるな〟——と。

第六十四夜

# 追って来る女

筆者

札幌すすきのにスナック店を経営する、紗英さんと言う女性の方の体験談。

ある時、募集のチラシを見て三十代ぐらいの女の子がやって来た。名前をノゾミと言った。

ノゾミは住む場所が無いと言うので、近くに安アパートを借り、紗英さんがその保証人となった。

だが三日もすると、「もうあそこにはいられない」と、ノゾミは我が儘を言い出す。どうしたのだと聞けば、「寝ていると物凄い形相でにらむ女が現われる」との事。

気のせいでしょうと笑うと、本当に出て来ると言い張る。仕方無く紗英さんは、「じゃあしばらく店のソファーで寝てなさい」と、今度は店での寝泊まりを許可した。

だがそれも僅か二日ばかりで、「今度は店に出た」と言い出す。

「私を追って来たんだ。もう私の寝られる場所は無い」と、ノゾミは騒ぐ。

そこで紗英さんは、「気のせいだから」と、その晩は店に一緒に泊まる事にした。

さて、客が退けた深夜。ノゾミと紗英さんはボックス席のソファーに毛布を敷き、そこに包まって寝た。

そうしてどれぐらい経っただろう。ふと妙な声に目が覚めて店内を見渡せば、紗英さんの足下辺りに位置する店内の鏡に姿を写し、ノゾミがぶつぶつと何かを呟いているのだ。

声を掛けようとしてやめた。そのノゾミの形相は醜く歪み、まさに鬼のようになっているのだ。

なるほどと思った。これは夢遊病だと。

ノゾミはまるで自身の行動に気付いていないまま、夜になるとあやって鏡に向かって怖い顔を作り、悪態を並べているのだろう。

そしてその時の様子を僅かばかり覚えていて、それが彼女の見る幽霊の正体なのだろうと。

そこまで想像して、気付く。ノゾミの呟き声に混ざり、どこからか苦しげな声が聞こえて来るではないか。

一体どこから――と、隣のソファーを見て驚いた。ノゾミはちゃんとそこで寝ているのだ。しかも苦しそうに顔を歪め、うなされながら。

じゃあ、あれは誰？　と、鏡の方へと向き直れば、もうそこには誰もいない。

翌日、「お世話になりました」と、ノゾミは店を辞めて出て行ってしまった。

借りた部屋は、他の従業員の仮眠室として使用する事にした。

だが時折その部屋で、うぅん――うぅん――と言う、女性のうなされ声が聞こえて来る事があるらしい。

同時に、閉店後の店でも同様の事が起っている。

第六十五夜　# 仲吾先輩

筆者

昭和の時代の話である。

語り手のKさんが高校時代の事。彼には一つ上の先輩に、〝仲吾〟と言う人がいた。Kさんとその先輩は家も近所でそこそこには仲が良かったのだが、理由があってその先輩とはおおっぴらに付き合う事が出来なかった。

理由とは、未だ田舎には存在しているらしい、〝村八分〟と言う因習である。

仲吾先輩には母が一人おり、その母が村の中で何かをしたらしく、集落中でその親子を忌み嫌っていたのだ。

「大丈夫だから俺に構うな」と、仲吾先輩はいつもKさんにそう言って笑っていた。そしてKさんもまた、「困ったら俺に相談して」と、先輩にそう返していたらしい。

さて、Kさんが高校の二年生となったある日の事。その仲吾先輩が、「頼み事がある」と、やって来た。

「母が死んだ。俺は葬式あげたらすぐに家を出る」と、いつもの笑顔でそう言った。

そしてその先輩の頼み事とは、「俺の家に鉄製の箱があるから、それだけは絶対に開けられないように見張っておいてくれ」と言う事。

先輩曰く、身一つで出て行って親戚筋でお世話になるので、その箱は持って行けない。だがやがて家は荒らされるだろうから、その箱が誰かに開けられないかどうかだけが心残りだと言うのだ。

そして先輩の家で葬式となった。さすがにその時ばかりは集落中でそれを手伝った。先輩は母の納骨を済ませた後、すぐに村を出て行った。同時に集落中の人が集まり、先輩の家へと押し掛けた。

それはもうKさんが止めるような余裕は全く無かった。先輩の言っていた鉄製の箱が家の中から持ち出され、公民館の中へと運ばれる。

Kさんは慌てて父に、「伸吾先輩にこう言われた」と告げると、「それは誰にも言うな」と口止めされる。そして父はKさんに、「あの箱が原因で、あの親子は村八分になったんだ」と教えてくれた。

そしてその晩、例の箱は開けられたらしい。——らしい、と言うのは、Kさんは実際にそれを見た訳では無いからだ。

深夜の零時を過ぎた頃、突然集落中から悲鳴が上がり、人々が逃げ惑う姿をKさんは窓から見た。

その後、箱がどうなってどこに隠されたかは知らないが、その晩の内に集落で二名の死者が出たと言う事だけは聞いて知った。

それから数年後、たまたまKさんは伸吾先輩と再会する事が出来た。

先輩は聞く。「箱、開けたんだろ?」と。

渋々とKさんが頷くと、「それでいいんだ」と、先輩は以前と変わらない表情でそう笑った。

第六十六夜　正方形の家

筆者

達芳さんの家の隣の空き地に、基礎工事の業者が入った。

家が建つらしい。

だがおかしな事に、その家の基礎部分がやけに小さい。おおよそ八畳程度の間取りである。

一体どんな家が建つのかと思っていたら、それは縦にも横にも長さが等しい、四角形の家が出来上がった。

そしてそれ以上におかしいのが、その家に玄関と言うものが無かった事だ。

但し窓はあった。開ければ人が出入り出来る、掃き出し窓と言うものだ。

その窓は四方向の壁の全てにあった。しかも全てが同じ位置の同じ窓。見れば業者の人間も、その窓から出入りしている。

結局その家は、まるで何も無いままで完成してしまった様子だった。

窓から覗ける限り、八畳間の一部屋だけ。他にはトイレも風呂も無い。要するに、住む為の条件が全く満たされていないのである。

「お隣、どんな人が来るんだろうね」と、達芳さんの家族は噂しあったが、一向に人が来る気配が無い。

そうして約一ヶ月が過ぎようとした頃だ。突然、達芳さんの兄が窓の外を見て、「電気が点いてる！」と騒ぎ出した。

見れば確かに例の家に照明が灯っている。しかもその家の中には人の影。

「ちゃんと引っ越しして来たじゃないか」と、誰もが一安心した。

その翌日、達芳さんは「行って来ます」と玄関を出て、何気なく視線をやった隣の家を眺め、その場でへたり込んだ。

家の中は暗くて良く見えないが、窓から見える隣人は、部屋の中央辺りで宙に浮かんでいたのだ。

しどろもどろになって家へと戻る達芳さん。そして両親が外へと確認しに行くと、「お前らは見るな!」とドアを閉め、すぐに警察に電話を入れた。

やがてその家の窓と言う窓は全て青いビニールシートで塞がれ、中で見付かった遺体は布をかぶせられ運ばれて行った。

数日後、ビニールシートは外されたが、兄がその窓を覗き込み、「おかしい」と言うのだ。

達芳さんも同じようにして中を窺う。そしてその疑問はすぐに分かった。部屋の天井には、人を一人ぶら下げる程度の突起部分はどこにも無く、ただのっぺりとした白い壁が張られているだけであった。

家はすぐに取り壊された。以降、そこはずっと空き地のままである。

## 第六十七夜　乗り込んで来た女性

筆者

それはさほど遅い時間帯ではなかったと思う。

仕事帰り、自宅マンションのエントランスでエレベーターの到着を待って乗り込んだ。

桐谷さんの住む部屋の階層は十三階。ボタンを押して上昇が始まるとすぐにエレベーターは停止した。

表示を見ると四階となっている。扉が開くと同時に、血相を変えた中年女性が滑り込むようにして乗り込んで来た。

「これ、上に行きますが宜しいですか?」

聞けば女性は指先を唇に当て、「静かに」と無言で合図する。

そして女性はせわしなく〝閉〟のボタンを連打し、無事にドアが閉まって再び上昇を始めると、深い溜め息を吐き出した。

そして急に思い付いたかのように、十一階のボタンを押すと、今度は桐谷さんが押した筈の十三階のボタンを二度押ししてキャンセルしたのだ。

「ここで降りますよ」と停止した十一階で、桐谷さんは半ば無理矢理に手を引かれて降ろされてしまったのだ。

「私の真似をして下さい」と、女性は身を屈めて手摺りの上から見えないようにして歩く。

桐谷さんは仕方なくそれに続く。

そして階段で二階分を上った後、女性は桐谷さんの部屋がどこかを聞いて来る。

「何があったんですか」と聞けば、「ごめんなさい、もう少しして落ち着いたら話します」と、女性は手を合わせて拝むような仕草で彼に言う。だが、何らかの事件性は感じ取っていた。何しろ、先程停止して女性が乗り込んで来た四階のフロアの廊下には、照明が一切点いていなかったからだ。

部屋へと着くと、桐谷さんはその女性を落ち着かせようと珈琲を淹れる。そうして少し経った頃、ピンポンと家のドアフォンが鳴る。それを聞いて女性は跳ね上がるようにして驚く。

モニターを見れば、三十代ほどの白い服の上下を着た男性が怖い表情で立っているのが見えた。

「助けてください、助けてください……」と桐谷さんに懇願する女性の肩をそっと叩き、彼はそのモニターの通話ボタンを押した。

「どちら様？」聞けばその男性は、迷う事なく「警察の者です」と嘘を言うのだ。

「そちらに背の小さな小太りの中年女性が来てないでしょうか」と聞く。桐谷さんはそっとその女性を見た後、「いやぁ、別に誰も来てはおりませんが」と返す。

「念のため、家の中を拝見させてもらって良いでしょうか？」

言われて彼は咄嗟に、「お断りします」と答える。そして、「警察手帳、及び捜査令状がございますか？」と返せば、「また来ます」と男は立ち去る。

その時、見てしまった。同じフロアのあちこちに立つ同じ服装の男性達。その男性達は同じようにして「こちらに女性が来ておりませんか」と、他の部屋の住人に問い掛けているのである。

桐谷さんの隣でガタガタと震える女性。「トイレお借りして良いですか」と聞かれ、「どうぞ」と廊下の一角を指さすと、「少々長くなっても良いですか？」と言って、トイレに閉じ籠もった。

確かにトイレは長かった。心配になって時折ドアの近くまで行けば、嘔吐でもしているのか「びちゃっ」と水の跳ねる音がする。

更に少しして、再び先程の男性がドアフォンを鳴らした。

「この女性、こちらにいますね？」と、モニター越しに女性の写真を見せる。それは確かに、トイレに籠もっている女性の顔ではあった。

「いません」と答えると、「いえ、こちらにいます」と男性。更には「あなたに身の危険が及びます。すぐにそこから逃げてください」とまで言うのだ。

「ぐえええええ」と、トイレから奇妙な声がして、そしてまた「びちゃっ」と水の跳ねる音が聞こえる。それはモニターのマイクにも聞こえたのか、「すぐに逃げてください。あなたまだ死にたくないでしょう」と男性は言う。

正直、迷った——が、直感で自身の判断が間違っていたかも知れないと考えた。

桐谷さんはそっと足音を忍ばせ、トイレのドアの前を通り抜け、玄関へと向かう。しかしそれに気付かれたか、「待ちなさいよ！」と背後から女性の声が飛んで来る。

桐谷さんは慌てて玄関から転び出る。すると一斉に白装束の男性達が家の中へと突入して行った。

桐谷さんはその晩、近くのビジネスホテルで泊まる事となった。いや、むしろ強制的にそこへ放り込まれたのだ。

翌朝、例の白装束の男性が部屋まで来て、「ご協力ありがとうございました」と、彼の部屋の鍵を渡してくれた。

「あなた誰？　あの女性は何者？」

桐谷さんの問いは見事にはぐらかされた。「聞かない方が良いですよ」と。

家へと戻ると、いつもと変わる事のない、いつも通りの彼の部屋があった。

ただ一つ、トイレの壁紙が新しくなっていた。前のと良く似てはいるが、別の壁紙が綺麗な作業で貼り直されていのだ。

あれからもう二度とあの女性と遭遇する事は無かったのだが、時折エレベーターが四階で停まる事がある。

それはいつも決まって、会社帰りの夜。そして開いた四階のフロアは照明が点いておらず、真っ暗な空間がそこに広がっているのだ。

第六十八夜　一条戻橋

筆者

Aさんは、東京の下町で呉服問屋を営んでいる。

古くは丁稚奉公から始まり、長い苦労の末、店の番頭にまでなった人である。

仕事一筋で生きて来た彼には趣味と言うものがまるで無く、ただ一つの娯楽は日記を付ける事だった。

ある晩の事。夕食後、いつも通りに自室へと向かい日記帳を開く。

一番最新のページをめくり、Aさんは驚いた。

〝大内悟です〟と、知らない筆跡の知らない名前がそこにあったのだ。

家族を呼び、誰がやったのかを聞くが、皆は知らないと言う。かと言って泥棒の仕業でもないだろう。仕方無くAさんはその日記のページを破り、丸めて捨てた。

数ヶ月後、Aさんの店に電話が入る。それは京都の呉服店からのもので、Aさんの店の反物をいくつか分けて欲しいとの事だった。

Aさんは車にありったけの反物を積んで一路京都へと走る。だがその甲斐あってか、持って行った反物はほぼ全て買い取ってもらえた。

その日は京都市内で一泊する予定で、とある宿へと落ち着いた。だが夜までは少し時間がある為、Aさんは宿の女将に、「どこか観光出来る場所はありますか」と訊ねた所、「わざわざ見に行く程ではないけど」と言う前置きで、一条戻橋と言う有名な橋が近くにある事を聞いた。

ではそこへ――と出て行くAさんに向け、女将は「お気を付けあそばし」と告げる。

「死人が戻って来ると言う事でも有名な橋だから」

さて、その橋はすぐに見付かった。歩き始めて間もなく、向こう側からは提灯を持った着流しの着物姿の男性がこちらに向かって歩いて来るのが見えた。

流石は京都、風情があるなと思っていると、Aさんとその男性はちょうど橋の真ん中辺りでぶつかるようにして、お互い譲りながら同じ方向へと避けた。

「あぁ、これは申し訳無い」とその男性を目の前にしてAさんが笑うと、男性もまた笑顔でAさんの手を取って、何かを握らせて来た。

なんだ？　――と思った瞬間には、男はAさんを避けて去って行く。

なんだろうと手を開く。そこにはくしゃくしゃに丸められた紙がある。

広げてみて驚いた。記憶にまだ古くない、〝大内悟です〟と書かれた、あの日記の切れ端だ。

慌てて振り返るが、もうそこには誰もいない。

軽やかな風が木々の葉を揺らす、宵闇落ちる京の夜の出来事であった。

第六十九夜　線香の家

筆者

下賀さんの家は仏具屋を経営している。

ある時から店に妙な客が来るようになった。

それはとても疲れた顔をした中年男性。いつも野暮ったい服装で店にやって来ては、店に置いてあるありったけの線香を購入して行くのだ。

最初はお寺かどこかの人なのかと思っていたが、そうではないらしい。「そんなに沢山、どうされるのですか?」と聞けば、「家で使うんです」と、男は答えた。

ある日の事、またしてもあるだけの線香を売ってくれと来た。

もしかして——と、思う所があった下賀さん。余計なお世話だとは思ったが、「祖母が除霊師やっているのですが、良ければご相談乗りましょうか」と聞いてしまったのだ。

するとその男、晴れ晴れとした表情になって、是非お願いしますと言う。

聞いてしまった手前、下賀さんが祖母にその事を電話で告げると、祖母は急いで店にやって来てくれた。

「家に男の霊が出るんです」と、男は言う。

家中あまりにも頻繁に出現するので、嫁と息子は実家へと帰ってしまった。今は私一人だけなのだが、毎日その霊に困らされているのだと語る。

線香を焚くのは、前に相談した霊能者が、「線香を絶やさず焚きなさい」と教えたかららしい。

「そんなエセ霊能者の言う事なぞ聞くな」と祖母は怖い顔をし、今からその家に行くと言い出した。

下賀さんは少々不安であったが、祖母は結局、その男の運転する車で行ってしまった。

夕刻、祖母はタクシーで家に帰って来た。そして開口一番、「前に視てもらった霊能者の言う通り、線香焚くのが最良だった」と言い出す。

下賀さんが何があったのかを訊ねたら、男の家はどこの部屋も鏡だらけだったらしい。

姿見から三面鏡、手鏡やステンレス板までもが部屋と言う部屋に置かれ、その全てが部屋の中心に向いていたと言う。

「おそらく男の霊と言うのは、その鏡に写った自分自身の事だろう」と祖母は言った。だからこそ、線香の煙でそれを見えなくしろと言う話らしい。

だが祖母は、怖かったのはそこじゃないと言う。

「子供どころか奥さんの存在も無かったよ」と祖母。

なにしろ家の中には、鏡以外の家財道具は一切見当たらなかったそうなのだ。

第七十夜　拾って来てしまったもの

筆者

祐美恵さん一家は、家族四人でとある海岸の潮干狩りへと向かった。

十歳になる長女と三歳年下の次女は、夢中になって貝を掘り当てていた。

怪異はその晩から始まった。家へと帰り、娘二人は早々と部屋に引き上げる。祐美恵さん夫婦もそろそろ寝ましょうかと寝室へと向かえば、もう寝たと思っていた筈の娘二人が部屋から飛び出して来て、両親達と一緒に寝たいと言い出すのだ。

仕方無く祐美恵さんは夫と一緒に、そしてもう一つのベッドを娘達に貸し与えた。

消灯して間もなく、隣のベッドから次女のものだろう細い悲鳴が聞こえて来た。

何事だろうとそちらを見れば、娘二人は起き上がるようにして部屋の隅を見つめている。

祐美恵さんは子供達の視線を追う。するとそこにはやけに手足の長い、異常なまでに痩せ細った全裸の女性がいたのだ。

祐美恵さんは急いで夫を叩き起こす。すると夫もまた驚いた声で慌てふためく。

部屋の照明を点けると女の姿は消える。なるほど、さっきこの子達が部屋から飛び出して来たのはこのせいかと気付く。

「今日、なにかあった？　何か拾ったとか、奇妙なものを見たとか、そう言うの無い？」

聞けば長女は渋々と、パジャマの下から細いチェーンのペンダントを取り出して見せた。なんでも潮干狩りの最中、砂浜の下からこれが出て来たと言うのである。

翌日、祐美恵さんは子供二人を車に乗せ、近隣の寺の住職の元を訪ねた。そして例のペンダントを渡し昨夜の出来事を話すと、住職はうんうんと頷きながら、「このペンダントはただの落とし物です。持って帰っても差し支えないでしょう」と言うのだ。じゃあ昨夜の怪現象は何だったのかと聞けば、「拾って来たのは娘さんじゃなくて、旦那さんの方ですねぇ」と、住職は笑う。

祐美恵さんはすぐに自宅へと電話する。だが出ない。どうしようかと困っていると、夫は自分の愛車でその寺へとやって来た。

おそらくは一人でいた所に例の女が現れたのだろう。

「もしかしてペンダントじゃなく、俺かも知れない」と、夫は真剣な顔でそう告げるのだった。

第七十一夜　後生だから

筆者

弓華さんが小学生の頃の事だ。

家の三階のとある部屋で、弓華さんは妙なものを見た。

それは天井の一部から降り注いで落ちて来る黒い液体。だがその液体は畳の上へと落ちると、染み込むようにして消えて行く。

弓華さんはすぐに家族を呼び付けた。だがおかしな事に誰の目にもそれは見えていないのか、「どこよ?」と辺りを見回すばかり。

だが、ただ一人祖父だけはそれが分かるらしい、手を差し伸べてその黒い水を掌で受け止めた。

それはどうやら液体では無さそうで、祖父の手の上で煙のようにふわりと舞ったかと思うとすぐに消えてしまった。

ぶるりと身震いする祖父。

「こりゃあいかんな」と呟き、祖父は脚立を持ち出して来て天井の羽目板を取り外した。

頭だけを天井に突っ込み、懐中電灯で奥を照らすと、祖父は一言、「婆さんがおる」と言う。

「お婆ちゃん?」と弓華さんが聞けば、「知らんばばぁだ」と祖父。

下りて来ると祖父は、「お前は絶対に見ちゃならん」と弓華さんに忠告する。何でもその老婦人、天井裏で正座しつつ、目と口と鼻からあの黒い煙のようなものを垂れ流しているのだと言う。

それから三日程、祖父はあちこちへと忙しく出掛けて行った。

一体どこを回って来たのだろう、祖父は大量のお札を手にし、もう一度あの天井裏へと上って行った。

しばらく経って、「もう大丈夫」と祖父は下りて来る。例の黒い煙は、降って来なくなっていた。

後日、祖父は「俺はもうすぐくたばる」と笑い、「お前は絶対に天井裏は見るなよ」と厳しく言う。

だが祖父はそれから八年生きた。死因も庭の手入れ中にぽっくり逝ったのだから、大往生だったのだろう。

あれから祖父は何度も、「天井裏には上るな」と弓華さんに言い、「後生だから」と言い残し、そして鬼籍に入った。

それから長い年月が経ち、弓華さんがそろそろ大学を卒業しようとする頃。妙な胸騒ぎで例の三階の部屋へと向かうと、いつぞやと同じ黒い煙が天井から滴り落ちているではないか。

よせばいいのに弓華さんは衝動的に脚立を持ち出し、天井の羽目板を外した。

驚いた事に、そこには祖父がいた。

梁や床に大量のお札を貼り付けたその中、祖父は正座をしながら、目から鼻から口からと、大量の黒い煙を吐き出していたのだ。

第七十二夜　合鍵だけが現実の家

筆者

佐藤朝陽さんがもうすぐ三十歳になろうとする頃の話だそうだ。

当時、朝陽さんは姉の真由さんと一緒に暮らしていた。

二人は早くに両親を亡くしており、それからは姉弟二人で支え合って生きて来た。したがって同居についてはお互い、さほど不自然さも感じていなかったらしい。

さてその朝陽さん。仕事の都合で三年程アメリカへと転勤しなければならばくなった。

当分帰って来られないと言う事もあり、朝陽さんの提案で姉弟二人だけの旅行に出掛ける事にした。

旅行先は北海道だった。それはどう言う経緯でそうなったのか、これから雪に埋もれるであろう大地を歩いて回ろうと言う話になっていた。

新千歳空港を降り、電車を何度か乗り継いでH町へと向かった。もう既に幾ばくかの雪は積もり始めており、早い冬の到来を感じさせる。

何も無い風景を歩こうと決めていた。そして二人はその通りにして歩いた。

長い長い直線の道を昔話を交えながら歩いていると、その遙か向こうに一軒の家が見えて来た。

最初は単なる人の住まない廃屋だと思っていた。その古ぼけた佇まいと、屋根に残ったまま落とされていない雪の塊を見てそう思ったのだ。

「えっ？」と、姉が足を止めた。

見れば姉はその廃屋を凝視して、口を半開きにしている。

「どうしたの」と朝陽さんも釣られて家の方を向く。そうして少しずつ、自身の記憶と目の前の光景が重なりだした。

その家は、かつて二人が両親と共に暮らした家だった。見れば色褪せたその表札も、二人の苗字である〝佐藤〟だった。

「まさか」と言いながら、姉は鞄から鍵の束を取り出した。そしてその中の一本を玄関の扉に差し込めば、それはするりと回って解錠された。

二人は家の中へと踏み込んだ。

照明を点ける。懐かしい光景が広がる。それは何から何まで当時の様子、そのままだった。

炬燵に炭を入れ、ストーブに薪を焼《く》べる。湧き出る疑問は山ほどあるが、どちらもそんな事は口にしないままくつろいだ。

冷蔵庫には食材が詰め込まれており、朝陽さんと真由さんはそれを使って簡単な調理をする。

薪で焚いた風呂に入り、家族四人で寝ていた寝室にて横になる。

「夢でも楽しかった」とは、姉の真由さんの言葉だった。翌朝、二人は簡単に掃除を済ませてその家を後にした。

さてその晩の事。宿泊先のホテルにチェックインした後、押し寄せて来る後悔と罪悪感に、二人は頭を悩ませる。

いくらなんでも前の日に泊まった民家が自分の家の筈が無い。ならばそれは立派な住居侵入罪である。

「謝りに行こう」と、朝陽さんは提案した。それには真由さんも頷いた。

だが不思議な事に、一体どのルートを辿ってあの家に行き着いたのかがまるで思い出せない。

周辺の地図を購入し、見当を付けてみてもまるでそれらしき家が見付からない。

「もしかしてあれって、本当に私達の家だったのかな？」

いやそんな筈はないだろうと朝陽さんは反論する。なにしろもうその当時の家は存在していないのだ。その家が全焼し、そこで両親は亡くなったのだから。

「でも……」と、真由さんは続ける。

「私達が住んでいたのはどこだっけ？」

聞かれて朝陽さんは困る。記憶に無いのだ。

二人は顔を見合わせ、そして寒気で身震いした。

朝陽さん自身は十五歳までその家で暮らしていた記憶がある。だがその家があった場所、自分が過ごし暮らした場所の記憶となると、まるで頭の中に霞が掛かったかのように思い出せないのである。

そしてそれは姉の真由さんも同じようで、しっかりと覚えているのは二人を預かってくれた施設での生活以降なのだ。

「でもあれが私達の住んでいた家では無いって事だけは確か」

真由さんはそう断言するが、家が全焼したと言うのも話で聞いているだけのもの。見た訳でも無いし、どうして兄弟二人だけがその火災から免れたのかすらも記憶に無いのだ。

翌日、記憶を頼りに先日歩いたルートを辿る。だがそれらしき家はまるで見付からないまま、時間だけが過ぎて行った。

結局、一泊分をオーバーする形で滞在し、二人は家へと帰る。

そうして約一ヶ月後、朝陽さんは予定通りにアメリカへと飛び、そこでの生活を送る事となった。

これは後から知った事だが、二人が暮らしていたのはやはり北海道だったらしい。

但し、詳しい地名などは良く分かってはおらず、両親が家と共に焼け死んだと言う記憶だけは、事実であった。

姉は時々、単身北海道へと向かい、例の家を探しているらしい。

もちろん探し当てたと言う報告は入っては来ない。

第七十三夜　不愉快な染み

筆者

本当はこれ、とても不謹慎な話なので、あまり語りたくはないのだけど——と前置きしながら話してくれたのは、杉並区に在住の明里さん。

その話は、両親の新婚旅行の頃から始まった。

「これ、バッキンガム宮殿らしいんですが」と見せてくれたのは、筆者ですらどこかで見た事があったなと思い出せるイギリスの有名な建造物の写真。そしてその門の前に立つ二人の人影が問題の箇所だと言う。

一人は女性で、それは明里さんの母である美枝さん。そしてそれを撮ったのが、父であり美枝さんの夫である啓治さんらしい。

「まだ明け方近くで、他には誰もいなかったそうなんですよ」と、明里さん。

だが確かに二人、そこに写っている。一人が美枝さんで、その隣に立つ黒い靄のような〝もう一人〟の姿。

「これ、何に見えます?」と聞かれても、単にピンボケしてしまった人の姿にしか見えない。

その人はやけに不自然な格好で、両足を広げ、右手は下に、左手は上に持ち上げて丸めている。

それはさながら、漫画のおそ松くんに出て来るイヤミのようなポージング。

見ようによっては、振り上げた左手をまるで美枝さんに向けて振り下ろしているようにも感じられる。

そしてそれを見せてくれた両親曰く、それが最初に撮れた心霊写真なのだそうだ。

次に撮れたのが、明里さんが五歳の頃。今度は姉の光里さんがうつる写真に、それが現われた。光里さん、七五三の時の写真らしい。それもまた誰もいない所で撮った筈なのに、美枝さんの時と全く同じ人影がそこに写り込んでしまっている。

「完全に、同じですよね？」

確かに同じである。それこそその靄のような影がスタンプであるかのように酷似しているのだ。

「そして次に撮れたのが、私がうつる写真なんです」

但しその写真だけが存在していないのだと言う。

その写真が撮れたのは、つい三年程前らしい。友人である夏都さんと一緒に、台湾旅行へと出掛けた際に撮れた一枚だった。

夏都さんはデジタルカメラを所有しており、そのカメラで行く先々を写して回っていた。

そしてとある街角の路地。そこで撮られた明里さんのスナップ写真に、それは現われた。

「えっ、何これ!?」と、口を押さえて慌てる夏都さん。そしてその撮れた写真をモニターで確認してみれば、それは明里さんにとって印象の深い、例の靄のような影であった。

「嫌だ、これ消すね」と夏都さん。それを聞いて明里さんは咄嗟に、「やめて！」とそれを制止する。

「何でよ？　気持ち悪いじゃない、消すよ！」

「お願い、ちょっと待って！」

必死で明里さんはそれを止めるが、夏都さんはまるで耳を貸さずに、「気持ち悪い」の一点張りでそれを消去してしまった。

「あぁ言うのは、消してしまうのが一番なんだよ」と、どこか得意気な夏都さん。それを見て明里さんはどこか、とても落胆した気分になったと言う。

そしてその後の旅行は、二人共にほとんど会話も無く終わったらしい。

明里さん自身もう二度と夏都さんとは関わりたくないと感じ、空港へと到着後、素っ気ない挨拶だけで別々に帰路に就いた。もちろんそれっきり連絡はしていない。

そして一ヶ月後、夏都さんの訃報を知った。「少々お話を聞きたい」と連絡して来た、警察の人の話からだった。

夏都さんは自宅アパートで自死をしていたらしい。しかもそれは帰国後すぐの事だった。

「あなた宛ての遺書らしきものがあります」と呼び出され、夏都の暮らしていたアパートへと向かった。

遺体こそは片付けられていたが、その床に残る染みを見て明里さんは悲鳴を上げた。両親が撮った写真にうつる人の形の影。あれと全く同じ染みがフローリングの床にべっとりと張り付いていたのだ。

「嫌なものを見せてしまって申し訳ありません」と警察の人は言うものの、それはなんとなく明里さんの動向や反応を伺うもののような気がしたと言う。

それは説明されずとも分かる。その染みは夏都さんの遺体の染みだろう。

そしてどうして自分がそこに呼ばれたのかも理解した。夏都さんの部屋に残された走り書きには、〝明里へ　もらったもの返すね〟と言う文面のそんな遺書。

「何を返そうとしていたのか分かりますか？」と聞かれ、明里さんはスマホでその床の染みを写真にうつし、「多分これだと思います」とだけ話した。

それ以降はまだ、例の影は写ってません――とは、明里さんの言葉。

本当はその写真を掲載しての本文にしたかったのだが、様々な危険性を考慮した上、そして明里さん自身の許可も下りなかったがために、このようなお話だけに留めさせていただく事にした。

もちろん写真自体は筆者も見せてもらったが、是非その現象が私にも〝伝染〟してくれる事を願うばかりである。

第七十四夜

# 鉄瓶

筆者

祖母が亡くなったとの知らせを受け、稔さんは六駅ほど先にある実家へと帰った。

運良く手配が早く済み、祖母の遺体は二日後に火葬される事となった。

祖母の家は実家の敷地の離れにあった。稔さんはそう言えばと思い出し、祖母の家へと上がり込み、囲炉裏に掛かっていた鉄瓶を取り上げ黙って持ち帰った。その鉄瓶は祖母との思い出が詰まったものであり、冬になると祖母はその鉄瓶で湧かした湯で稔さんにお茶を振る舞ってくれていたのだ。

「これで淹れたお茶は、特別に美味いんだよ」とは、その祖母の言葉。子供心にその〝特別〟と言う部分にとても惹かれ、稔さんはいつもそのお茶をねだっていたのだ。

稔さんはすぐに七輪を購入し、家のベランダでお湯を沸かしてお茶を淹れた。

あぁ、やっぱりこれは美味いわ。祖母の影響で緑茶ばかり飲むようになった稔さんは、いつもよりもずっと美味く淹れられたお茶に感動までしていた。

さて、翌日が告別式と言うその晩の事。夢に祖母が出て来た。しかもその祖母、とても怖い顔をして稔さんを睨むと言うそんな夢。

嫌な夢を見たなと喪服姿で実家へと帰れば、何故か家中がバタバタと騒がしくしている。

「一応聞いておくが、お前、ばあちゃんの家から何か持ち出さなかったか？」

開口一番、父が聞く。稔さんは素直に、祖母の鉄瓶を持ち帰った事を告げると、家中が「よりにもよって、何でそれ持ち出すのか」と、彼を責め立てた。

「今すぐ家に帰ってそれ持って来い！」

いや今から帰ったら告別式に間に合わない。稔さんは言い返すが、「そんな余裕は無い！」と一喝され、仕方無く家へと戻る。

ドアを開けると、何故か例の鉄瓶は玄関先に置かれている。どう言う事だと廊下の先に目をやると、リビングの窓の明かりに浮き上がるようにして、シルエット姿の〝誰か〟がそこに立っていた。

祖母だと稔さんは直感した。昨夜見た夢のまま、同じ姿勢でそこにいたのだ。

急いでその鉄瓶を手に実家へと舞い戻る。すると父は、「間に合ったか」とその鉄瓶を取り返し、柩の上へと置いた。

やがて読経が始まった。それ以降は何事も無く祖母の火葬も済み、その日の内に納骨までもが済んだ。

その晩、「あれ、何だったんだ？」と、稔さんは家族にそう聞く。

「意味は分からんが、ばあちゃんの残した唯一の遺言がそれなんだ」と父。

鉄瓶は最後まで柩と共にあり、最後はその鉄瓶で汲んだ水を墓石に注ぎ、葬儀は終了した。

鉄瓶は今も実家にある。

第七十五夜　同棲

筆者

外山さんの大学時代の体験談。

――友人の本橋君に彼女が出来たと言う噂を聞いた。

しかも交際と同時に彼のアパートで同棲までしていると言う。

そんな噂を聞いて一週間目、たまたま大学の構内で本橋君とばったり遭遇した。外山さんは、本人に逢ったらどうからかってやろうかとずっと考えていたそうなのだが、本橋君の姿を見て気が変わった。僅か一週間逢わなかっただけなのに、彼はげっそりとやつれていたのである。

元より彼は痩せ型ではあったが、襟元から覗く鎖骨の浮き具合や、その骨格が分かるぐらいに削げきった頬やこめかみを見る限り、まさしく〝やつれた〟と言った具合に見えたのだ。

とりあえず外山さんはその容姿の事には触れず、「彼女とは上手く行ってる?」とだけ聞いた。すると本橋君、照れ臭そうに、「どこで聞いたの」と笑い、まあまあ上手くは行ってると頷いた。

それから二週間程経ったある日、またしても本橋君と構内で擦れ違った。

驚いた。その衰弱振りはもはや疑いようの無いもので、腕も指も骨ばって見え、顔の表情に至っては目が飛び出して見えるぐらいの痩せようだったのだ。

流石に同棲中の彼女が原因なのだろうと言う噂が立った。

一体どんな女なんだ?　ちゃんと飯は食えているのか?

だが意外にも、本橋に彼女が出来たと言う噂以外、その本人である女性を見たと言う人は誰もいなかった。

そう言えば――と、知人の一人がこんな話をしてくれた。

十日程前、本橋君に借りっぱなしだった講義のノートを彼のアパートまで返しに行った。

以前にも何度か彼のアパートは訪れた事があったので、とても軽い気持ちで向かったのだと言う。

だが本橋君はドアから先には入れてくれなかった。開けたドアも中途半端で、なるべく部屋の中を見せないようにしていたらしい。

「今、彼女がいるからごめん」と、ノートを受け取った本橋君はドアを閉めてしまった――が、その知人曰く、「とても人がいるようには感じなかった」と言う。

部屋からは饐《す》えた匂いが漂い出て、彼の足下には溜め込んだであろうゴミの袋や空のペットボトルなどが散乱していた。

更に驚くべきは、夜の八時前だと言うのにまだ部屋の灯りが点いていなかった事。それを聞いた外山さん達は、流石にそれはおかしいと話し合った。

そしてそれから更に十日後。とうとう本橋君の訃報が外山さん達の所に届いてしまった。

死因はなんとなく想像していた通りのもので、〝餓死〟であったらしい。ゴミ溜めのようになった部屋の中で、孤独に亡くなっていたそうだ。

現場で立ち会った人曰く、彼以外の住人の形跡は全く無かったと言う。

奇妙なのは、その本橋君の死んだ場所である。

ゴミの山の中に彼が寝ていたであろう布団が敷かれ、彼はその布団の中に上半身だけを突っ込んだまま絶命していた。しかもその布団、まるで〝もう一人の誰か〟がその中にいるかのように膨らんでおり、布団をめくってみるとそこには苔生《こけむ》した大きな岩が鎮座していたそうなのだ。

そして本橋君は、その大岩を抱き締めるようにして亡くなっていた。

果たしてその岩はどうやってそこまで運び入れたのか。推定では三百キロはあるだろう程の大きさで、置かれていた場所の床は重さに負けて丸く落ち込んでいた。

しかもその岩、どう考えても部屋の玄関を通らない。例え無理して通したとしても、そこまでぬめぬめと湿った苔だらけの岩を、一人でどうやって持ち込めたのか。疑問は果てしなかった。

本橋君の葬儀が終わった後、大岩はその場で砕いて撤去される事となった。

だがその撤去作業に当たる筈だった業者は突然都合が悪くなって来られなくなり、なかなか作業は進展しない。

そこで撤去方法を変える事にした。岩はそのまま窓から出すと言う話になり、大型クレーンで吊り下げる方法を取る事となった。

そしてその作業は上手く行った。但しそれは窓から外へと出る所まで。大岩は運悪く吊り紐から外れそのまま落下。岩はアスファルトの地面に直撃し、真っ二つに割れてしまったのだ。

同時にそれは、岩ではない事が明らかになった。

それは相当な年月を経たコンクリートの塊で、砕けた内側からは女性の頭部が見付かったらしい。

その頭部がどこの誰なのかはまるで分かっていない。

第七十六夜　# 思い出のアルバム

沫

Mさんの息子がバンド活動を始めて、早六年が経った。

まだまだ有名とは言えないが、親の欲目無しにしても、良い音楽をやるようになったと思う。

ウェブ上でもフォロワーが二千人を超えて、それなりの小さなライブハウスは常に埋まるようになった。

ある冬の事。息子のバンドがCDを制作した。そしてそのCDの販売促進のために某動画サイトにて生配信をする事となった。

しかし金銭面であまり恵まれていないバンドメンバー達は、Mさんの家に集まり、息子の部屋でそれを行なうと言う。

配信が始まる。遠くから盛り上がった声が聞こえて来る。純粋に応援していた私も、微かに聞こえる皆の声を耳にしながら放送を観ていた。

生放送はCDの内容やメンバーのこだわりの話が主だった。そして実際にCDを持っている人にしか分からない小ネタなども多く含まれており、手元にCDを用意してこの配信を観て欲しいと言っていた為、Mさんも息子がくれたCDを眺めながらの視聴だった。

いつしか時刻は深夜となり、Mさんも次第にうつらうつらとして来る。すると目の前のスマホから「歌詞カードを見てください」と聞こえて来た。無意識にCDをどこかに置いてしまったようで、手には何も持ってなかった。CDを探していると遠くから息子たちの笑い声が聞こえて来る。

おかしいと言う事に、そこで気が付いた。

実際の声と配信では音声に多少のラグがある事は分かっていたものの、先ほど聞こえて来た笑い声が一向に目の前のスマホから流れて来ない。しかも目の前のスマホからは「歌詞カードを開いてください。歌詞カードを開いてください。歌詞カードを開いてください――」と、同じ言葉をずっと繰り返す息子の声だけが聞こえて来る。

気が付くと朝だった。スマホは充電がなくなったのか黒い画面のまま動かない。

息子の部屋に向かうと何も物音がしないのでそうっと開けてみると、まばゆい光に視界が奪われた。

息子の部屋は家の中でも一番日当たりの良い部屋にしてあった。カーテンも何もない部屋に明る過ぎる日の光が差し込んでいた。

あぁそうだ。息子はバンドを始めて、二、三年経った頃。ライブの帰りに泥酔して線路に落ちた所を誰にも気付かれずそのまま電車に轢かれて亡くなったのだ。

手に持ったCDは再生してもノイズが乗るばかりで、聞けたものでは無かったのだが、たった二ページの歌詞カードには、私への感謝の言葉が息子らしい軽い言葉で長々と綴られていた。

## 第七十七夜　階段の鈴

筆者

七緒さんがまだ小学生の頃の事だ。両親の離婚話が持ち上がり、それと同時に一時期だけ祖母の家で生活する事となった。

七緒さんには、二階の角部屋が与えられた。

部屋をもらえたのは嬉しいが、一つだけ妙なしきたりがあり、それは階段の上り下りの際に〝鈴〟を鳴らすと言うもの。

鈴とは、神社仏閣の拝殿前にぶら下がるあの鈴の事だ。

但し祖母の家にあるのはとても簡易的な手作りの鈴で、比較的大きめの市販の鈴に、紐を結わえているだけのもの。そしてそれが何故か階段の上下に一つずつあり、そこを上り下りする際には鈴を鳴らし、手を合わせなければならないのだ。

「どうして?」と、七緒さんが聞くと、「神様がおるけん」とだけ、祖母は教えてくれた。

そして七緒さんはその言い付けを必ず守った。例え真夜中にトイレへと立つ際であっても、寝静まった家の中でその鈴を鳴らしたのだ。

ある日の事。祖母が買い物へと出掛けたタイミングで、父がやって来た。

「帰るぞ、七緒」と、父はぶっきらぼうにそう言った。

家に帰れるのは嬉しいが、祖母に挨拶をして行かなければ申し訳無いと父に言うが、何故か父は頑なに、「後で連絡しておくから」と、どうしても七緒さんをそこから連れ出したい様子だった。

七緒さんは折れた。必ず電話しておいてねと言い、支度を始める。

二階から荷物を下ろすのだが、階段の手前でいつもの儀式をしていると、苛々とした口調で父が、「何やってんだ」とそれを咎め始める。

「もういいから早く来い」

「でもまだランドセルと体操靴が――」

言うと父は上がり込み、「持って来てやる」と二階に上ってしまった。

「お父さん、鈴を鳴らさないと」と七緒さんがそれを止めるのだが、父は「なんだそれ」と馬鹿にしたような口調で構わず上りきってしまった。

「どの部屋だ?」と、二階の奥の方から声が聞こえた。

「角の部屋」とは答えたが、返事は無かった。七緒さんが後を追って二階へと上がるが、もうそこには父の姿は無かったのである。

祖母が帰宅後、慌てて今起きた出来事を話せば、祖母はにこやかに「じゃあもう要らないね」とばかりに、階段の手前の鈴を二つとも取っ払ってしまったのだ。

夜、母がやって来た。そして階段の手前で手を合わせ、深々と礼をした後に、「さぁ帰ろう」と七緒さんに笑いかけた。

それっきり、父はいない事になってしまったのである。

第七十八夜　壁の中

沫

父の転勤で、近畿のとある地方へと家族全員で引っ越しする事となった。

社宅としてあてがわれたのは、築年数は相当なものだが、家族五人で住むには広すぎる程に立派な家だった。

楓さんと姉の水萠さんは、二階の部屋を一室ずつもらった。

早速その部屋に荷物とベッドを運び込み、その晩からそこで寝る事となった。

さて、それから三日目の朝。起きると姉の水萠さんが、「あんたの部屋って、〝何か〟いるんじゃない？」と言う。

どう言う意味かと問えば、どうやら楓さんは毎夜の如くにうなされているらしい。とても苦しそうな声が壁伝いに聞こえて来るのだそうだ。

「嘘でしょ。夢も見ないぐらいぐっすり寝てる」と言い返せば、じゃあ今夜またうなされたら動画撮ってあげると姉は言う。

さてその翌日の事。姉の水萠はひどくやつれた顔をして起きて来た。

「またうなされてた？」と楓さんが聞くと、姉はうんでもいいえでも無く、「私、部屋変えたい」と言う。

それでなんとなく察しが付いた。うなされていたのは私ではなく、姉の方だったのではと、楓さんは思ったのだ。

早速姉の撮った動画を見せてもらった。

深夜二時近く。姉の部屋から始まるそのスマホの動画は、「始まった」と姉の声がして、楓さんの部屋の方へと移動して行く。だがやはり、動画の中の楓さんは何事も無くぐっすりと寝ている。

姉は楓さんの部屋の壁の方へと移動し、「ここじゃない」と呟く。

再び隣の自室へと戻るが、今度は自分の部屋の壁の前まで来て、「ここだ」と言うではないか。

「ごめんね、あんたじゃなかった。声は壁の中からだった」

姉は早速、部屋を変えてもらった。

動画は何度再生しても、うめき声が聞こえて来る事は無かった。

第七十九夜　# 黒電話

筆者

隣の部屋に人が越して来た。

それと同時に、早朝のけたたましい騒音が始まった。

――朝の四時五十分。いつもと同じ時間にそれは鳴り出す。

ジリリリリリリ――ン　ジリリリリリリ――ン
それは桂木さんが子供の頃に良く聞いた、黒電話の呼び出し音だ。

「うるせぇなぁ」と、桂木さんは愚痴る。隣人が来てからと言うもの、連日この騒音で目を覚ましているのだ。一体どこの誰がこんな時間に電話をして来るのか。そして隣人も早く取ればいいものを、何十分もそのまま放置している。とてもではないがうるさくて眠れない。

「勘弁してくれ」今日こそ隣に行って文句の一つでも言ってやろうと頭から毛布をかぶったそのタイミングで、部屋のインターフォンが鳴り響いた。

誰だよと思い通話を押せば、「隣の者です」と言う。

ちょうどいいとばかりに桂木さんは玄関を開けた。するとそこに立っている二十代半ばぐらいの若い男子は、「すいませんが、あのベルの音なんとかなりませんか?」と言うではないか。

「ベルの音って……あれ?」と桂木さんが自分の部屋のドアを開けて音を聞かせると、「そうです、あれです」と隣人。

「あれって、君の部屋の音じゃないの?」

「いいえ、そちらの音じゃないんですか？」

どうにも話が噛み合わない。無理を言って桂木さんが隣室へと向かうと、確かにそこでも同じ音がしている。——壁の中から、である。

「これだと確かにウチの部屋から聞こえて来てるよなぁ」などと納得しながら、「でもウチの音じゃないんだよ」と話した。

同時に、「君がここに越して来てから始まってるんだ」とも伝えた。

だがおかしい。音のする辺りの壁は、桂木さんの部屋で言えばクローゼットなのだ。そこから電話の音がする訳がない。逆に言うと桂木さんの部屋で聞こえる音は、こちらの部屋で言えば押し入れなのである。もちろんそこで電話が鳴っていると言う事実はまるで無い。

「そちらの音でしょう？」

「いや、君の部屋の音だ」

埒が明かず、一回お互いの荷物を確認しようと言う話で解散となった。

そうして桂木さんはクローゼットを開いて中を確かめれば、驚いた事に出て来たのだ。配線の切られた黒電話だ。

それを持って隣室へと向かう。すると隣人もまた黒電話を片手に、「出て来ました」と言うではないか。

その荷物に心当たりは無い。しかも配線はつながっていないのだから、鳴る筈が無い。

電話はお互いに捨てた。それっきり例の音は聞こえて来ない。

第八十夜　柄杓で汲む

筆者

O内孝子さんと言う女性がまだ幼かった頃のお話。

孝子さんの家からすぐの所に、「本家」と呼ばれる大きな家がある。

家族はいつも「あまり近寄るな」と小言を言っていたが、孝子さんは何故かその家が好きで、暇さえあれば遊びに行く程であった。

本家はぐるりと背の高い木造の塀で囲まれており、門は東西南北と四カ所に存在していた。

孝子さんがその家に行くと、ほぼ必ずと言って良い程に見掛ける光景があった。

それは母屋からかなり離れた南東の一画にある四阿《あずまや》で、壁は無く、四本の太い柱がやけに庇の長い屋根を支えているだけの場所。その前を通る度、その中で〝何か〟を汲んでいる人の姿が見える。

但しそれがどんな人なのかは分からない。広く天井の低い屋根がその中を暗闇に変え、中にいる人は輪郭程度にしか分からないのである。

だが、「男性だ」とは、孝子さんにも理解が出来た。しかもそれは坊主頭で、一体そこで何をしているのか、柄杓《ひしゃく》のようなものを使って床から何かを汲み上げているのだ。

ある時の事だ。いつものように四阿の前を通り過ぎる孝子さん。すると珍しい事に四阿の中は無人で、ひっそりと静まり返っているではないか。

そこに本家の伯母が通り掛かる。孝子さんは特に何も考えも無しに、「いつものおじちゃんいないね」と聞けば、その伯母は血相を変えて「何を見たの？」と訊ねて来るのだ。

さてその晩、夕食の後に本家の人々が孝子さんの家を訪れ、何やら難しい話を交わしていた。

やがてその話が済んだ後、孝子さんが一人呼ばれ、昼間逢った伯母に「本家へ養子に来ないか」と聞かれたのだ。

孝子さんは内心嫌ではあったが、それを即答する事は難しいだろうと言う雰囲気を感じて黙っていたのだが、そこで伯母はうっかりと昼間の一件について口を滑らせた。

途端に顔色を変えて伯母を罵倒し始めるO内家。

「それならもう本家の出番じゃない」

「ウチの孝子が全部引き継ぐ」

そんな言葉で本家の伯母達は追い出されてしまったのだ。

後日、祖父に連れられ本家の四阿へと訪れた孝子さん。

「ここか？」と聞かれて「うん」と頷くも、その四阿は風雨のせいか既に床は抜けており、とても人が座っていられるような場所など無かったのだ。

やがて孝子さんが大人になり、本家の人々から〝番〟を引き継いだ。

但しその番と言うものが、どんな役目なのかはまだ知らされていないのだと言う。

第八十一夜　死者の家

沫

日本の米軍基地所属、ジョセフさんから伺ったお話である。

ジョセフさんはコロラド州出身で、十七歳までそこで暮らしていたらしい。

家は相当な田舎で、近隣に家はほとんど無い。町から車で約十五分、林の中にぽつんと現われるのがジョセフさんの家であった。

ジョセフさんはその家の中で、度々妙な体験をしていた。見知らぬ他人が、屋内に時々現われるのである。

出現するのは一階にある客間と、そして廊下。更にはウォークインクロゼットと決まっていた。

——と言うか、その出現する人々はどうやら家を通過しているだけらしく、南東の客間の壁から突然現われ、廊下を横切りクロゼットの北西の壁から出て行く。要するに出現すると言うより、ただ家の中を乱暴に横切っているだけのような感じだったと言う。

横切る人々はいつも違う人ばかりで、以前にも見たと思えるような人物は誰もいない。そしてその人達がそこを通る理由も分からないのだ。

ある日の事だ。学校帰りに自転車を飛ばして家へと向かっている最中、林の奥の方で単身歩いている人影を見た。

それはなんとなく家を横切る人のような気がして、そして向かっている方向もまた自分の家の方角。なんとなく気になったジョセフさんは、自転車のハンドルを林の方向へと向けた。

舗装されていない地面は走りにくかったが、それでもなんとかペダルは漕げた。

歩いているのは黒いコートを羽織った女性であった。ジョセフさんはなるべく近付かず、かつ離れないようその背後を付ける。

そうしてその女性が辿り着いたのはやはりジョセフさんの家であり、想像した通り南東の壁からするりと溶けて行き、しばらくすると北西の壁から抜け出て来る。

さて、そこまではジョセフさんの思った通りなのだが、ここから先を知らない。果たしてこの人達はここからどこへ向かうのだろう。

そうして再びその女性の後を追ったが、林の中をいくらも進まない内に、一軒の小さな家が見えて来た。

女性はその家の中へと入って行った。驚いた事にその家のドアを手で開け、そして後ろ手にそれを閉めるのである。

壁なんかあって無いようなものなんだから、ドアを開ける必要性があるのかと思いつつ、ジョセフさんはその家の前に自転車を停め、同じようにドアを開けようとした。

——が、それよりも先にドアが開いた。中には牧師の格好の男性がいて、「入っちゃいけない」とジョセフさんを止めるのだ。

「まだ君は駄目だよ」

言われても意味が分からない。どうして駄目なのだと質問すれば、「ここに入ったらもう元の家には戻れなくなる」と言うではないか。

「じゃあここは何のための家なの?」

「その質問もまだ早い」と、牧師は笑う。

不貞腐れたジョセフさんは今来た道を戻り、やがて自宅が見えて来る。そしてその晩、家族の皆に今日の件を話せば、誰もが「何を言ってるんだ?」と言った感じで取り合ってはくれなかったのだ。

翌朝、学校へと向かう途中、昨日逢った牧師さんが森の中で手を振っているのを見た。

ジョセフさんは少しだけ嫌な気分になりながらも、片手を挙げてその前を通り過ぎて行った。

そしてそれっきり、家の中を誰かが通り過ぎて行くような事は無くなった。

「僕は日本に来て良かったよ」とジョセフさんは言う。

「〝レイドウ〟って言うんだってね。霊の通る道。僕が見たのはきっとそれ」

それ以降、ジョセフさんはもう二度とあの小さな家を見付ける事は出来なかったと言う。

第八十二夜　家族

筆者

長　長年警察官をやっていると時々奇妙な出来事に出くわす——とは、定年を迎えて退職をした、巡査部長の永田さんの言葉。

ある晩の当直時に、田村E子と名乗る中年女性が、「家族を探して欲しい」と署を訪ねて来た。住所を聞くと確かにそこに家は存在するが、長年空き家である、そんな場所であった。

事情を聞けばそのE子と言う女性は、家族内で刃傷事件が発生して、慌てて逃げ出して来たのだと言う。どうやら夫と息子とが喧嘩になって、息子の方が刃物を持ち出し家族を切りつけ始めたらしい。

「私は怖くなって、怪我を負った夫と娘を連れて車で逃げました」と、E子。だが途中で夫と娘ともはぐれてしまい、家へと帰ったら誰もいない。どうか家族を探して欲しい。それが彼女の訴えだった。

彼女の言う家は廃屋ではあるのだが、一応と思い、同僚と一緒にその家へと車を走らせ確認をしに行った。だがもう既にその空き家は倒壊が始まっており、とても内部へと足を踏み入れられる状態ではなかった。

署に戻るとE子の調書に当たった同僚が、「妙な話なんですが」と話し掛けて来た。彼女の言う家には元は確かに田村と言う一家が住んでいたと言う。しかも記録によるとその家で家族の二人が殺され、そこから数キロ離れた場所で車に乗った家族二名が、単独事故による遺体で見付かった。

家で亡くなったのは祖母と十歳になる長女。そして車の事故で亡くなったのは、家で二人を殺したであろう世帯主である夫の容疑者S氏であり、その妻であるE子もまた、運転席で亡くなっていた。後部座席には長男であろうF彦が乗っていた痕跡があったが、事故後は行方不明であると言う。

「E子は長男が切りつけたと話しているが、二人を殺害したのはS氏となっているのか?」と、永田さんは聞く。

「そうですね、実際に刃物からはSの指紋が検出されています」

「ならどうして、妻と息子はS氏と一緒に逃げたんだ?」

「それは分かりませんが――この事件、既に三十五年も前の話ですよ」

明け方近く、永田さんはE子に、「息子さん以外はもう全員亡くなっている」とそう告げた。

E子は呆然としながら立ち上がると、ふらふらと署を出て行こうとしていた。

「どこへ?」

「F彦を……探しに」

それがE子との最後の会話だった。永田さんはその背に、「もうあなた自身も亡くなっている」とは、到底切り出せなかったそうだ。

第八十三夜　# 実家幽霊

沫

正月休み、優也さんは実家へと帰省した。

玄関先を上がり仏間の前を通る。その際に何気なく横目で中を覗けば、その部屋の隅で正座をし、天井の方を仰ぎ見る少女の背中が見えた。

あぁ、まだいるんだ——と言うのが優也さんの率直な感想。

その少女は、優也さんが物心付く前からそこにいたらしい。いつも仏間の端に座り、壁の方へと向いている。しかもその首の向きは天井側だ。もちろんその方向には何も無い。

いつ覗いても少女はそこにいた。したがって優也さんも、その存在がその部屋の一部なのだろうと言う理解で今まで育った。

だが一旦家を離れてみると分かるのだが、やはりその存在はおかしい。彼女が亡霊であると言う事は間違いない事であっても、その目的や理由は一体何なのだと考えると不思議で仕方無くなる。

さて、正月も明けて再び実家を後にする事になるのだが、優也さんは思う所あってとうとうその少女に話し掛けてしまった。

「ねぇ、いつも何を見てるの？」

言葉は通じるのかと言う疑問はあった。だが少女には通じた。ゆらりと一回だけ大きく揺れると、少女は首だけを優也さんの方へと向けて来た。

目が、無かった。

そこにはただ深い暗闇の穴が二つ空いているだけ。結局少女は、何も見ていなかったのだと悟る。

しまったなぁと、優也さんは思った。これは完全に、自分に意識が向いてしまった気がした。だがその少女の反応はそこまでで、すぐにまた正面上部を向いて押し黙る。そして優也さんはもうそれ以上の事はせず、東京のアパートへと帰った。

それから三日後の事だ。深夜、風呂から上がってさぁ寝ようと思い、部屋の灯りを消す。と同時に、部屋の隅がやけに明るい事に気付く。

見ればそこに、例の少女がいた。しかもあの空洞の目をこちらに向け、何かを訴えているかのように優也さんを見ているのである。

あぁやばい、やっぱりこっちに付いて来た。思ったと同時に、携帯に電話の着信音。出てみればそれは実家の母からで、近隣のもらい火で家が全焼したとの知らせ。

気が付けば、例の少女の姿は無くなっていた。

二日後、家族全員が優也さんのアパートへと押し掛けた。

家族は全員無事だった。不思議な事に、火事の当日、家族全員が寝ている中で突然家の中に子供の叫ぶ声が響き渡ったと言う。

それから半年後、無事に家は再建された。

優也さんがたまに実家へと帰れば、やはりあの少女は新築の仏間の壁を見つめていると言う。

## 第八十四夜　夢で見た話

筆者

これは僕自身の〝夢〟の中の話なのですが――と言う前置きをして語ってくれたのは、静岡県在住の木梨俊幾（仮名）さん。聞き手は私、筆者である。

少々現実と夢とが入り交じる事、ご了承願いたい。

まずは現実の話から。

俊幾さんが二十五の頃、家を全て取り壊し、新しく建て直そうと言う話が出た。

さて、家は建ったがどう言う訳かそのタイミングで祖父が痴呆気味になってしまった。

最初の兆候は、ただ宙を眺めてぼーっとしている姿が多く見られる所からであった。

次第に人との会話が難しくなり、その内には廊下で寝たり、酷い時には糞尿を垂れ流す程にまでなった。

そこで持ち上がったのが、祖父の部屋を変えると言う話。どうして最初にそんな部屋をあてがったのか、家の三階を祖父の部屋にしてしまったせいで、家族の誰もが頻繁に様子を見に行けないのである。

だが、祖父はその入れ替えを強く反対した。もう既に相当に痴呆が進んでしまっていると言うのに、どう言う訳か部屋を変える事だけは承諾してくれないのだ。

仕方無しに家族全員交代で、祖父の様子伺いをする事となった。

さてここからは、俊幾さんの夢の話となる。

ある日の事、俊幾さんが祖父の部屋へと出向くと、いつも通りに祖父は空中を眺めて呆けていた。

俊幾さんは食事の入ったトレイを祖父の前に置くと、同時にボソボソと祖父が何かをしゃべっている声が聞こえた。

顔を近付け、耳を澄ます。「俊幾……俊幾……」と、驚いた事に彼の名を呼んでいる。

「どうした爺ちゃん。俺だよ、俊幾だよ」

言うと祖父は一言、確実に自分の意思で言っているのだろう声で、「逃げろ」と言うではないか。

「逃げろって、何でだ?」

聞けば祖父は、かなりたどたどしいが、「俺が食い止めるから、その間に逃げろ」と言っている。

意味は通じるが、その言葉の訳が分からない。

どうしたものかと思っていると、祖父は「あぁ、もう来た」と部屋の扉の方を向く。釣られて俊幾さんもそちらを向き、そして悲鳴を上げた。

妙なものがいた。大きな体躯に着流しの着物。そしてその頭部はと言うと、さながらゆで玉子の上半分が乗っているかのような真っ白な楕円があった。

とにかく大きな身体だった。しかもそれはいくらも厚みが無く、ただ横幅の大きな身体に見え、ただそれだけでも充分に、〝人ではない〟と言う事を物語っているようであった。

「爺ちゃん」

言うと祖父は、「俺がなんとかする」と呟き、続けて「ここを出たらもう二度とこの部屋に来るな。爺ちゃんはもういいから、この部屋の扉は塞いで人が入れないようにしろ」と強い口調でそう言った。

そしてそこからの俊幾さんの記憶はあまり無い。気が付けば悲鳴を上げて部屋の扉を蹴破り、その背後で祖父が上げているのだろう重い罵声が轟いた。

「そこは本当に、俊幾さん自身の夢の話なんですか？」と筆者が聞けば、俊幾さんは「えぇ」と口ごもり、「夢って事にしておきます」と言う。

「しておきます——って事は、実際は夢ではなくて」

「そうですね。言っても信じてもらえないでしょうが、本当は僕の実体験なんです」

良く良く聞けば、一概には信じられない事実ばかりがあるからこそ、「夢の話」と言って語ったのだと言う。

まず父が言うには、祖父は俊幾さんが生まれる前に亡くなっていると言う事。

そして家には老人などいないし、三階に部屋など無いと教えられた。

「本当に部屋は無かったんです。三階に続く階段を登るとただの短い廊下があるだけで、部屋など最初から無かったんです」

だが——外から見る限り、三階には窓があると言う。

俊幾さんはそれが怖くて、家から出入りする際には、外からは絶対に上を見ないように心掛けているらしい。

「その窓に、誰かが立っているような気がしてならないんです」


筆者はその後、この話を文字にする上で、「書いてはならない事はありますか？」と聞けば、「何をどう書いていただいても構いません」と言う返事をもらって家を後にした。

家を出てすぐ、視界の端で三階の窓を確認した。だが正直、真正面からその窓を直視するのは避けた。

そして俊幾さんが言うように、そこに誰かが立っているような気がしてならなかったからだ。

これはもう俊幾さん自身から「どう書いていただいても構わない」と言われている以上、敢えて筆者自身の感想を書き記したい。

俊幾さんはおそらく三十歳前後なのだろうが、どう言う訳か会話がとてもたどたどしく、時折空中を眺めては呆けてしまう癖があり、会話はとても難航した。

そして、どう見てもその家では俊幾さんは一人暮らしであり、家族が一緒に住んでいるようには感じられなかった。

後、俊幾さんは「三階に部屋は無い」と言ったが、実際にはちゃんと存在していた。

部屋はあったし、何より最初からこのお話を聞いた場所は、その三階の部屋だったのである。

## 第八十五夜　彼氏の奇行

沫

晩ご飯の時刻である。

突然、彼氏の智和が家にやって来た。

華耶さんは、「一緒に食べる？」と聞いたのだが、智和はそれを無視してテレビの前に座り込み、ゲームを始めてしまった。

「何かあったの？」

聞くが、「あぁ――」と、ろくに返事をしない。

面倒臭くなった華耶さんは彼を放っておく事にして、シャワーを浴びて寝てしまった。

翌朝、華耶さんが目を覚ますと、驚いた事に智和は昨晩のままゲームを続けていた。

「大丈夫？」

「あぁ――」

心配だが通勤の時間である。華耶さんは適当に食事を用意し、家を出た。

その日の夕刻、たまたま通り掛かった智和の家の前で、彼の母親が警察官と立ち話をしていた。

なんとなく耳をそばだててみる。するとその会話の中には、「行方不明」とか、「もう三日も帰って来ていない」という言葉が含まれていた。

「誰が帰って来てないいんですか？」

思わず華耶さんは聞いてしまった。

彼の母と華耶さんは面識こそあるものの、恋人同士と言う所までは伏せられていた。

そんな間柄で、母の口から出たのは「ウチの智和が――」と言うものだった。

慌てて家へと帰る華耶さん。すると智和は食事もしないままずっとゲームを続けていたのだ。

「あなた捜索願い出てるよ」

言っても聞く耳を持たない彼。とうとう痺れを切らした華耶さんは、「ここにいるって伝えて来るからね？」と、再び彼の家を目指した。

だが智和の家では何かがあったのだろう、開けっぱなしの玄関のドアから、母親らしき号泣の声が漏れ出て来ていた。

驚いた事に、智和は近所の森で遺体となって戻って来たと言うのだ。

慌ててその亡骸を確認する華耶さん。だがそこに眠っていたのは、どこをどう見ても本人とは言いがたい赤の他人の遺体であった。

「あの……この方が、智和さん？」

聞けば母親は当たり前でしょうと言った顔で頷く。

――では、私の家でゲームをしている彼は一体どこの誰なのだ？

再び自宅に取って返す華耶さん。そして未だゲームを続けている彼に、今日あった全ての出来事を語って聞かせた。すると――

「帰らなきゃ」

言って、コントローラーを置く智和。

「ねぇ、一体何があったの？」

聞くがやはり答えない。そして智和は、「後で全て分かるよ」と言って出て行ってしまった。

後日、友人からの連絡で、智和が亡くなった事を聞いた。

そして友人と一緒に智和の家へと向かう。

家では通夜が行なわれていた。そこでまた華耶さんは驚いた。

祭壇に置かれた遺影はちゃんと智和の顔写真であり、無理を言って見せてもらった遺体も、やはり智和のものであったのだ。

「あなたが華耶さんだったの？」

突然、彼の母から声を掛けられた。

母が言うには、あなた宛の手紙が部屋にあったと言う。

残された遺書には、「華耶に全てを伝えたい」と書かれていたらしい。

華耶さんはそれを断り、手紙は受け取らないまま家へと帰った。

もちろん、彼に何があったのかは未だ知らないままだと言う。

第八十六夜

# 竜巻の家

筆者

若干ですが、私は小さい頃から〝視える体質〟なんです——と語るのは、久嶋千波さん。

彼女が体験したエピソードはかなりあるのだが、今回はその中の一つをお聞きして来た。

ある晩の事だ。二階の自室で受験勉強に勤しんでいると、突然隣室からけたたましい悲鳴。妹だ——と察し、すぐに飛んで行くと、とんでもない事に妹の部屋の中で風が巻き起こっていた。

いや、風と言うよりもそれは竜巻に近かった。部屋の中心を軸に渦を巻いているのだ。

千波さんは妹の手を引き部屋から連れ出すと、「ちょっとそっち行ってなさい」と自分の部屋へと追いやる。そうしてその竜巻の原因を探ろうとしたのだが、どうにもおかしな事に、竜巻は上半分しか存在していないように見える。要するに、地表との接点が見当たらないのだ。

原因はここじゃない。思った千波さんは階段を駆け下り、妹の部屋の真下——普段は誰も足を踏み入れない、茶室と呼ばれる部屋へと踏み込んだ。

すると、あった。竜巻の下半分だ。

だが良く見ればそれもまだ少し変で、竜巻の一番下の部分は畳にめり込んでいるように思える。竜巻の威力でそうなっているのだろうか、畳はその風で端の方が持ち上がり、バタバタと音をさせている。

千波さんは思った。原因は更にこの下だと。

そうしてなるべくその竜巻を刺激しないよう畳の縁を掴んで引っ張れば、そこから床板が出て来る。その辺りでようやく竜巻は止んだ。

縁の下か——察した千波さんは床板を外しに掛かる。するとその下は当然の如くに土の見える床下になるのだが、一カ所だけ、そうまさに竜巻の最下部であっただろう辺りに、草が生えている場所があったのだ。

縁の下に草？　生える訳が無い。思った千波さんは物置からスコップを持って来ると、その草の生えている部分を掘り起こしに掛かった。

するといくらもしない内に何かに行き当たる。丁寧にそれを引っ張り出せばそれは金属製の箱で、簡単に開くのである。

中身は——手紙や玩具だった。その中の一通を開けてみれば、「二十年後の自分へ」と言う下手糞な字で書かれた内容のもの。

すぐに分かった。これはタイムカプセルだと。

箱に書かれた学校名を読み取り、連絡を入れる。聞けばどうやらグラウンド整備の際に紛失してしまったものだろうと言う話だった。

何故、家の縁の下に埋まったのかは分からない。だが受け取りに来た年配の教師が、とても恨みがましく千波さんを睨んでいたのだけが心配な事らしい。

# 第八十七夜　姉の行方

筆者

泉水さんがまだ幼かった頃の話だ。

深夜にふと目を覚ますと、泉水さんは走行する車の後部座席にいた。

窓越しに、次々と流れて行くオレンジ色の街灯が見えた。

——おかしいな。確か部屋のベッドで寝た筈なのに——と、身を起こそうとする。

だがそれを姉が押しとどめる。それまでずっと膝枕をしてくれていたのだろう姉は、「動かないでそのまま寝てなさい」と言うのだ。

泉水さんは姉の言う通りにした。そしてすぐにまた眠気がやって来た。

寝る間際、なんとなく異様な光景だなと泉水さんは思った。運転席には父、そして助手席には母がいて、どちらも何も話さないまま黙々とどこかに向かって車を走らせているだけ。

次に泉水さんが目を覚ますと、そこは見知らぬ小屋の中だった。

いつの間にか朝になっていた。薄汚れた窓ガラスから、眩しい陽の光が横殴りに降り注いで来ていた。

おそらくそこは農機具などを保管しておく場所なのだろう、小型の耕運機が二台置かれ、その傍らには草刈り機や鍬、スコップ等が乱雑に立て掛けられている。

泉水さんはその小屋の奥、埃をかぶったソファーの上で寝かされていた。

車中で目覚めた時と同じく姉の膝枕で寝ており、泉水さんが起きると同時に、「おはよう」と頭を撫でてくれた。

両親の姿は無かった。どこに行ったのかを聞けば、あちこちの知り合いを訪ねているのだと教えてくれた。

「しばらくは学校に行けないかもね」とも言われたが、その理由についてまでは教えてくれない。

その日は姉がくれた梨や林檎をかじって腹を満たした。

――深夜、姉の発した言葉だろう、強い口調で目が覚める。

声は隣の部屋から聞こえた。泉水さんは音を立てないようそっとソファーから降り、足音を忍ばせて戸口まで向かう。

部屋には姉と両親がいた。いつの間に帰って来たのだろう、両親はこちらに背を向けながら座っている。そしてその正面には姉が座り、何やら咎め口調で二人を責め立てていた。

何故か両親は何も反論せず、ひたすら姉の言葉を黙って聞いているだけ。

これは聞いてはいけない事だなと感じた泉水さんは、そっとソファーへと戻ると横になって目を瞑った。

翌朝、両親は既に出掛けて行った様子だった。姉は泉水さんが起きたのを見計らい、「出掛けるよ」と言う。

果たして姉はどこに向かっているのだろうか、迷いもせずにどんどん道を進んで行く。

泉水さんは両親が戻って来るであろう小屋を後にする事が若干躊躇われたが、いつしか大きな駅に出て、電車に揺られながら姉に買ってもらった弁当を食べている内、そんな不安も忘れてしまった。

姉はとある駅で降り、そしてまたしばらく徒歩で見知らぬ街を歩き続けた。

やがて一軒の家に辿り着く。姉は、「ここには叔母が住んでるの」と、泉水さんにそう教えてくれた。

そして姉はとても優しい表情で泉水さんを見つめ、「ここで待ってて」と言う。

「私はお父さんとお母さんを探して来るから、しばらく叔母さんの家にいてね」

「しばらくってどのぐらい？」

聞けば姉は指先で小さな隙間を作り、「ほんのちょっとよ」と笑った。

門のチャイムを鳴らすと、微かに泉水さんの記憶にもある叔母が玄関から姿を現わした。

叔母は泉水さんの名を呼び、とても驚いた顔をして家から飛び出して来た。

その時の泉水さんはなんだかとても疲れ果てていて、抱きとめてくれる叔母の腕の中、崩れるようにして倒れ込んだ。

叔母は何度も、「どこ行ってたの」と聞く。泉水さんはどう答えて良いのか分からず、振り返って姉に助けを求めるが、いつの間にいなくなったのか姉の姿はそこに無かった。

叔母夫婦にはここ数日にあった出来事を全て話した。二人はその話をとても不思議がって聞いていたが、疑う様子はまるで無かった。

やがて泉水さんは叔母夫婦の家から近隣の学校へと通う事になり、いつしか叔母の養子となって苗字すらも変わった。

姉と両親が無理心中の末に亡くなったと聞いたのは、泉水さんが二十歳を過ぎてしばらく経ってからの事だった。

泉水さんはその話を聞き、姉を一人で両親の元へと帰した事を心底後悔した。

だが叔母が首を横に振り、悲しげな顔をしながら、心中が行なわれたのはまさに四人で車に乗っていた晩の話だったと教えてくれた。

父はまず姉を手に掛け、次に母を殺害し、最後は自ら首を括ったと言う。

そしてその犯行は全て、自宅の中で夜の内に行なわれたらしい。

要するに、四人で車に乗っていたと言う事実はまるで無かったのだ。

家の中からは泉水さんの遺体だけが見付からず、警察も行方を捜査し始めた所で、叔母の家に泉水さんが訪ねて行ったと言う話だった。

そう言えば父は、車どころか運転免許も持っていなかった事を思い出す。

泉水さんは今以てあの二日間が何だったのか、理解が追いつけずにいる。

第八十八夜

# 部屋と包丁と隣人

沫

とある安アパートの二階に引っ越しをしたAさん。

そこに移り住んで一週間目辺りから、その怪異は始まった。

まだ夜が明け切らぬ暗い内、部屋のどこからか妙な物音が聞こえて来た。

ダンッ！　ボトン、ゴロゴロゴロ——

一瞬でAさんは目が覚めた。なんとなくだが台所の方から聞こえたような気がして見に行くが、そこには何も落ちていない。

今のは何だったんだ？　考えるが分からない。だがなんとなく、あれは大根か何かを包丁で切った音のように感じたらしい。要するにまな板の上で勢いを付けて切った大根が、落ちて転げるような音に思えたと言うのだ。

だがAさんは包丁もまな板も持ってはいない。料理そのものをしないのだから、必要無いのである。

それからその物音は、毎日同じ時刻に聞こえて来た。

ある日の事、仕事を終えて帰って来ると、アパートの前には引っ越し業者のトラックが停まり、荷物を積み入れている。

同時にアパートのゴミ集積所には指定の袋も使わず分別もされていないゴミが山のように積まれていた。そしてそれはAさんの部屋の真横に住む山田さんと言う女性の仕業らしい。今もまた同じようにして持って来るゴミをその山の上へと積んでいるのだ。

「こんばんは。お引っ越しですか？」

聞けばその山田さん、凄く嫌そうな顔で、「ええ」とだけ答える。先日Aさんが引っ越して来た際に挨拶した時とは、まるで違う対応だった。

ふと気付く。そのゴミの山の中に覗く、包丁とまな板のセット。もちろん包丁の刃の部分にはタオルが巻き付けられてはいたが、それでもそれが包丁である事だけはすぐに理解出来た。

酷い捨て方だなぁとは思ったが、結局Aさんは何も言わずに部屋へと上った。それからすぐに荷物は積み終わったのだろう、トラックが走り去る音がして、外は静かになった。

その晩、Aさんは布団に入るもなかなか寝付けず、何度も寝返りを打つ。そして一体何を思ったか、Aさんは決意して部屋を出て、例の集積所から包丁とまな板のセットだけを拾って帰って来たのだ。

不思議な事に、その晩から怪音は止んだ。

それから二週間後、Aさん宅に警察官が二名、やって来た。何事かと思えば、「隣に住んでいた川原さんの事でお伺いしたい」と言うではないか。

いや、隣に住んでいたのは山田さんでしょうと言うと、警察の人は「それは偽名だ」と言う。

その上で、どんな些細な事でも良いので、彼女の事で知っている事があれば教えて欲しいと言われた。

そこでAさんは、「特に交流は無かったけど」と告げ、彼女が残して行った物で、包丁とまな板だけは拾った事を話せば、二人は目を丸くしながら「しばらく預からせていただけないか」と頼まれる。

特に僕は必要としていないので、差し上げますよとそれを渡せば、警察の人は深い感謝の言葉を述べて帰って行った。

結局、その隣人の女性についての続報は何も無い。彼女が逮捕されたと言うニュースも聞こえて来ない。

ただAさんは、なんとなくあの怪音と包丁は繋がっているような気がして、すぐにそこを引き払ったと言う。

第八十九夜　閉ざされた子供部屋

筆者

筆者はとあるバーで、面白い話を聞く機会があった。

語り手は柘植さんと言う三十代の女性である。

——柘植さんは夫との離婚を機に、生まれ育った実家へと帰った。

両親は既に他界しており、実家には柘植さんとほぼ同じ境遇の弟、孝が一人で暮らしていた。

私もここに住んでいいかと弟に訊ねると、孝は迷う素振りも見せずに「いいよ」と言う。

そうして姉弟二人きりの暮らしが始まったある日の事だ。

「一週間程、家を空ける」

そう言い残し、孝は出て行ってしまった。その様子はかなり逼迫《ひっぱく》しているらしく、柘植さんは何も聞かず送り出した。そして怪異は起き始めた。柘植さん一人しかいない筈の家の中で、奇妙な音がするようになったのだ。

どすん——ずるずるずる——どすん——

何か重い物が落ちたり引き摺られたりするような音。しかもその音は、孝の寝室の方から聞こえるようであった。しかし見に行けば止む。孝の部屋も特に変わった様子は無い。だがその物音はほぼ毎日のように聞こえて来ていた。

ある日の事だった。いつも以上に激しい物音で、柘植さんは「誰かいるの?」と叫んで孝の部屋へと向かう。誰もいないが、部屋の壁に掛かっている大きなサイズのタペストリーが揺れているのを見逃さなかった。

布をめくる。するとそこには壁に大きく開いた穴。しかもその穴の方向は、かつて両親が住んでいた頃の寝室の方角である。

穴の中は真っ暗だった。柘植さんはそこに入る勇気は無く、後日、会社の同僚に頼んで中を見て欲しいとお願いし、家へと呼んだ。

同僚は懐中電灯片手に中へと踏み込んで行ったが、すぐに、「先輩、こりゃあ中は見ない方がいい」と戻って来た。

部屋の中は、新生児用に作られた子供部屋だったと言う。

「異常な数の玩具やぬいぐるみがあった」と、その同僚は語った。

それから少しして、弟の孝がついさっき生まれたであろうぐらいの新生児を抱っこして帰って来た。「誰の子？」聞けば孝は、「俺の子だよ」と言う。

結局孝は柘植さんにろくに説明もしないまま、それから三日間だけ家にいて、子供を預けたまま出て行ってしまった。

間際、孝は「この子がいればもう安心だから」と言い残したそうなのだが、実際にその子が来てからと言うもの、怪音は全くしなくなった。

――なるほど面白い話ですねと筆者は言い、結局その子はどうなったのかを訊ねた。

「その子が、私です」

筆者は最後まで、母はどうなったのかを聞けず終いであった。

第九十夜

# 訪ねる人々

沫

相模原にて訪問介護の仕事をしている千鶴さんの体験談。

全身が麻痺しており、自宅でも車椅子生活を余儀なくされている高梨さんと言う男性の方の介護を任された。

高梨さんは自力で生活を送れてはいるが、食事の準備や入浴等の補助が必要な状態であった。さて、その高梨さん。どう言う訳か仏間にて一人でぼうっとしている時が多い。

何をしているのと聞いても、とてもたどたどしい聞きづらい言葉で、「特に何も」としか言わない。

そして高梨さんの介護を始めて三日目辺りの事。家のどこかで話し声がするなと思い探してみると、驚いた事に仏間は大勢の人が詰め掛けていた。

総勢七人程はいただろうか。車椅子の高梨さんを囲むようにして、黒い喪服の男女が高梨さんに話し掛けているのだ。

「あの……こんにちは」

挨拶をするとその客達は緩やかに、そして一斉にこちらを向いた。

どの人も、その表情には不満が現われていた。千鶴さんは面倒だなと思い、一礼してその部屋を後にした。

だがものの数分ほど後に仏間を覗けば、そこには高梨さんが一人きり。先程のお客さんはもう帰ったのだろうかと思い高梨さんに聞けば、要領を得ない感じの話し方で、「もういない」と言う。

その客達は度々、仏間に現われた。しかも毎回喪服だ。一体何をしているのだろうとは思うが、人の家の事なので無理にも聞けない。

ある日の事だ。いつものように仏間で呆けている高梨さんの元に行き、何気なくその部屋の様子を見回した所――

小さく悲鳴を上げてしまった。その仏間に飾られている遺影の全てが、いつもここに来ている客達の姿そのものだったのだ。

「たすけて」と、その時初めて高梨さんがはっきりとそう言った。千鶴さんはすぐに知り合いの伝手を辿り、お祓いを得意とする僧侶の方に来ていただく事が出来た。

一通りのお祓いの後、その僧侶は、「仏壇はもう必要無いでしょう」と言う。そしてその通りにしようと仏壇を廃棄すれば、それからはもう二度と例の客達は現われなくなった。

これは後で聞いた話だが、そこの一家は法事にてマイクロバスで移動している最中、事故で全員が亡くなったらしい。

ただ一人、高梨さんだけが身体に酷い後遺症を残しながらも、その事故を生き延びたと言う。

僧侶曰く、生きている人を恨む家族などいない方が良いでしょうとの事。

## 第九十一夜　家具の全てが備わった売り屋

筆者

夫が突然、「家を買った」と言い出した。

前々から引っ越しの話題は出ていたのだが、まさか自分にも内緒で買ってしまうとは、牧子さんも想像していなかったのだ。

そして今度は今いる家を売りに出そうと、不動産会社に連絡を入れている。そこで牧子さんは、「とりあえず買った家を見せて」と夫に頼む。

その週の土曜日。夫と牧子さんは一人娘の杏璃を連れてその家へと向かった。

「絶対に気に入るから」と夫。そうして着いた場所は、庭に二台分もの駐車スペースがある大きな家であった。

「なぁ、いいだろう?」と得意満面な夫は早速鍵を取り出し玄関を開ける。それと同時に娘の杏璃が牧子さんの服の袖を引き、「誰かいるよ」とこっそり呟いた。

杏璃の視線を追って上を見上げる。牧子さんには見えなかったが、どうやら杏璃は三階の出窓の辺りを見つめている様子だった。

玄関を上がり、牧子さんは驚く。家の中は家具や調度品だらけであったからだ。

「ねぇ、なんでこんなに家具が揃ってるのよ?」と夫に聞けば、夫はへらへらと笑うばかり。

「怒ってるよ」と、牧子さんの横に立った杏璃が宙を見上げてそう呟く。そしてその感覚は牧子さんにも感じられた。何となく、人の発する〝怒気〟が、あちらこちらから感じられたからだ。

「じゃあ二階に行こう」と階段を上る夫の姿を見て、牧子さんは「もう限界だ」と感じ、そっと杏璃の手を引いて家を出た。

駅までの帰り道、牧子さんは不動産会社に連絡をして、今までの家を売る件をキャンセルしてもらった。

そして家に戻ると、今度は夫との離婚手続きを始める。さて明日からは仕事を増やさなきゃと思っていると、警察からの連絡で、旦那さんを保護しましたと告げられた。どうやらとある家に忍び込み、住居不法侵入罪で逮捕されたとの事だった。

「それってどこですか？」と牧子さんが聞けば、それは思った通り例の家。

警察署には牧子さんが一人で向かった。そして例の家での事を全て正直に話せば、警察は何故か、「それはおかしい」と首をひねる。

「あそこは確かに誰も住んでいない家だけど、実際は一家全員が行方不明になっている家だから」

驚く牧子さん。そしてその家はやはり、売ってもいないし鍵を預かれる筈も無いのだと言う。

そのまま夫はその家の行方不明事件に関与しているのではないかと疑われ、別件逮捕された。

数日後、夫は保釈されて出ては来られたのだが、何故かあの家に行った前後の記憶を全て失っていた。

第九十二夜　すぐ近くにいますよ　　筆者

Hさんの家は東京の西の外れの方にある。少々交通が不便でかなり辺鄙な場所なため、近隣の家とはそこそこの距離があると言うそんな土地だった。

その日、家には客人も入れて五人もの人がいた。しかも全員が同じ場所——居間にいたのだ。

当時、Hさんはまだ十歳かそこいらだった。兄弟は多かったが、いつも一緒にいたのは二歳年下の〝佐枝〟と言う妹だけだった。

その時もHさんは佐枝さんと一緒にいた。祖母と母とで近所の奥さん達と茶飲み話をしている横で、Hさんと佐枝さんは二人でお人形遊びをしていたのだ。

よそ見をしたのは僅か一瞬だった。Hさんが何かを取ろうとして後ろを振り向き、再び居直ればそこに佐枝さんの姿が無かったのだ。

「佐枝？　佐枝？」と、Hさんは妹の名前を呼ぶ。するとようやく大人達も異変に気付き、「佐枝はどこ行ったのよ」と騒ぎ始めたのだ。

どれだけ急いでも、一瞬で姿を隠せる程に素早い子ではない。しかも周りには大人三人もの目があり、走って居間から出て行ったとしても必ず誰かの目に留まる筈なのである。

母は目に見える程に慌てて佐枝さんを探しに駆けずり回った。祖母もまた家中をくまなく探した上で、縁の下まで潜って確かめる程だった。

だが佐枝さんは見付からない。すると噂を聞きつけたのか近隣の人々までもが出て来て、深夜にまで及ぶ大捜索が行われたのだ。

その際、Hさんの耳にいくつかの気になる言葉が飛び込んで来た。

「また、長谷さんの家で神隠しがあったとよ」

「しばらく無かったんで安心してたんだな。あの家は女系だからよぉ」

これは後で知った事なのだが、Hさんの家は、近所でも評判の神隠しの家だったのだ。

何故か消えるのは必ず女児ばかりで、しかも約十年から十五年に一度の周期でそれが起こると言われていた。

結局、佐枝さんはどこからも出ては来なかった。母は目を離していた事を悔やみ、相当な期間を泣き続けたのだが、もしかしたら消えていたのは私だったのかも知れないと思えば、Hさん自身はとても複雑な想いであった。

それから十数年の歳月が経った。Hさんは一度、結婚をして家を離れたのだが、結局実家を継ぐ者が誰もおらず、母にせがまれて夫や子供と一緒に出戻りを果たしたのだ。

幸運な事に、Hさんの子供の中には女が一人もいなかった。おそらくはそこが、実家を継がせようと母が考えた一番の要因だったのかも知れない。

やがて子供もすくすくと育ち、成人をすると、長男以外の全員が家を出て行った。

ある日の事、Hさんは長男夫婦と一緒に旅行へと出掛けた。

そしてその旅行中の夜の事。全員で繁華街へと繰り出した際、街角に小さなテーブルを置いて易者をやっている中年女性を見付けた。

息子夫婦は面白がって見てもらったのだが、Hさんはなんとなく気が引け、やらないつもりだったのだが——

「あなた、ご家族の中に行方不明な方がいるでしょう」

言われてHさんは食いついた。尚もその易者は、「きっとその方、まだあなたの近くにおりますよ」と言うではないか。

Hさんはその事を頭から信じた訳ではなかったが、その後もその言葉は常に彼女にまとわり続けた。

やがて同居している長男に子供が出来た。しかもそれは男子だった。

Hさんと長男は、今後の事も考えて家を建て直そうと決意した。そして解体工事は始まり、何もかもなくなった更地の我が家を見て、感慨に耽っていた時だった。

「何かありますね」と、基礎工事の人が教えに来てくれたのだ。

話によると、どうやら家の真下に〝何か〟が埋まっていたらしく、基礎工事の邪魔になるので撤去させてくれと言いに来たらしいのだ。

ショベルカーが土を掘り起こす。やがて何かに行き着いたかのように動きを止める。丁寧に土を退けて行くと、そこに現れたのは漆喰か何かだろうか、真四角な大きく白い板だった。

「取り除いていいですね？」との問いに、Hさんは頷く。そして酷い破壊音と共にそれが退けられると、そこには地中深くに続く大きな穴が現れた。先程退けた白い板は、その穴の蓋か天井部分だったに違いない。穴は蓋の部分と同じ大きさで出来ており、要するに一つの大きな正方形の箱がそこにあったと言った感じだった。

箱の中には、〝人〟がいた。いや、厳密には人に似せた人形があったと言うべきか。Hさんはそれを見て、思わず「佐枝！」と叫んでしまった。なにしろそこに横たわる人形の一つが、まさに佐枝さんが神隠しにあった時と同じ服装だったからだ。

箱は、縦、横、長さが、全て二尺ほどの寸法で出来ていた。天井部分の蓋を開ける以外に出入り出来る箇所はまるでなく、普通に考えれば我が家が建つ以前からその地中に埋まっていたと言う事になる。

箱の中に、人形は計七体いた。

ここからは嫌な推測になってしまうが、家の築年数をその人形の数で割れば、約十二年から、十三年程。

十年から十五年の時期で、女児が一人いなくなる——その言い伝えを、彷彿とさせる出来事であった。

現在はその場所にHさんの家が建っている。

住んでいるのはHさん一人で、長男夫婦は生まれたばかりの孫娘を連れて出て行ってしまったと聞く。

第九十三夜

# あの子が欲しい

沫

「あなたは〝取り変わり〟って、信じますか？」

——から、奏さんのお話は始まった。

昔、まだ奏さんが小さかった時。家族は大所帯で、小さな家に六人で暮らしていた。

裕福ではなかったが、毎日が楽しかったと言う記憶しか無い。

両親と兄が二人。そして妹が一人。面白い事に上の兄二人は双子で、下の奏さん達もまた双子で生まれて来た。

当時はまだそれほど娯楽も多い時代ではなかったせいで、遊びと言えば家の前の野原で身体を使った遊戯をする程度。そして時々、その遊びの中に両親が混じってくれる事があった。

ある時、両親を含めた六人で、花いちもんめをやっていた。

知っている方もいるだろう。二手に分かれ、向かい合わせに一列に並び、花いちもんめの歌を一説ずつうたいながら、歌の最後の「め」の部分で相手陣に向けて足を振り上げるのだ。

これが熱を帯びて来ると、足の蹴り上げが物凄い勢いになって来る。

その時奏さんは、両側に兄二人を従え、そして相手陣には末っ子の妹が両親を独り占めしていた。

悔しいと、単純にそう思った。おそらくは兄弟全員がそう思っていただろう、この遊びで両親と手を繋げると言う名誉は子供心にも最高の喜びだったからだ。

かなり熱くなっていた奏さん達は、全力で相手陣に向かって進んで行き、足を振り上げる。だが兄二人の腕力とその身長から、奏さんは勢い余って後方に半回転し、顔面から地面に落下した。

――ここでいつもならば、兄弟達の笑い声が聞こえ、そして両親が心配して駆け付けて来てくれる筈。だが、誰も来なければ耳に届くのは雑踏の音と車の排気音。

どこだここは――と身を起こせば、そこは何故か夜の繁華街であった。

「ほらほら、ふざけてるから痛くするんでしょう」と、母が奏さんを抱き起こす。続いて父が、苦笑しながら奏さんの衣服の汚れを手で払う。

そうして二人に手を繋がれて歩く街は、奏さん自身全く見覚えの無い街で、そして手を繋いでくれる両親もまた、見知らぬ誰かだったのだ。

ある時の事。大学の友人達と確率論の話題で盛り上がっている際に、どこか妙に懐かしい地名が現われた。

「私、そこの出身なんだけどね」と語る友人は、地元の幼馴染みの話となった。

「兄二人が双子で、妹二人も双子だったんだ」

そりゃあ凄い確率だなと皆は笑い、日本の双子の出生率から、それがどのぐらいの確率なのか割り出せるかと言う話に流れて行く。

そこで奏さんはなんとなく、「その子達とはまだ交友があるの？」と聞けば、下の双子のどちらかが心を病んでしまって引っ越しをしてしまったらしい。

奏さんもそれ以上聞いてはいけないような気がして、黙った。

もしも――もしも奏さんがその瞬間に思い浮かべた空想が、実は現実の事だったとして。

奏さんと取り代わってしまった〝誰か〟がいたとしたならば、今はどんな生活をしているのだろうか。

今でも奏さんは、新しい両親と共に生活を続けている。

第九十四夜　のっぺらぼうハウス

筆者

武さんは元々、あまり素行のよろしくない子供だった。

中学に入った頃から軽犯罪を繰り返し、なんとか入った高校は退学。それ以降も二十歳になるまで親の金をせびって遊び歩く毎日。

祖父と母には迷惑を掛けている自覚はあった。

そう言う生き方をしている以上、定職にも就かない大嫌いな父に似ていると自身も思っていたし、そのせいで余計に苛々としていた毎日だったのだ。

ある時、「俺の部屋まで来い」と祖父に呼ばれた。祖父は神妙な顔をして、「もうお前も大人なんだから、俺に代わって引き継いでもらわなきゃならん事がある」と、そう言うのだ。

武さんは昔から爺ちゃんっ子だったので、祖父が言うならば可能な限り言う事を聞いてやろうと思い、その後を付いて行った。

行き先はその方向からなんとなく察しが付いた。裏手の高台にある、〝のっぺらぼうハウス〟だ。

のっぺらぼうハウスとは、近所に住む連中が勝手に付けた名前だ。だがそう言う名前が付けられた理由は分かる。なにしろその家はやたらと大きな上に窓と言うものが一切無い。要するに違法建築なのだ。

四方が全て固い板張りの木造一軒家。窓どころではなく縁の下も無ければ雨樋すらも無い。かろうじて屋根だけは付いているものの、まさに何も無いのっぺらぼうな印象のそんな家なのである。

祖父はその壁の中にたった一つだけ存在しているドアへと向かい、古びた鍵で解錠する。

実際、武さんがその家の中に入った事は一度も無い。ただ近所でそう呼ばれている変な家が、武さんの家の一つだと言う事だけを知っているに過ぎない。

家の前に立つ。何故かじわじわと足下から怖気が這い上がって来るような感覚がある。

ドアを開ける。するとそこには少しだけ距離を置いてもう一枚のドア。そして祖父は一度、最初のドアを内側から施錠してから次のドアを開いた。意味は分からないが、どうやらそれは、「逃げ出さないための用心」らしい。

そうして二枚目のドアを開き、懐中電灯で照らした家の内側を見て言葉を失う。そこには〝もう一軒〟の家があったのだ。

要するにそののっぺらぼうの家と言うのは、単なる〝覆い〟な訳だ。

既存する一軒の家を丸ごと覆い隠してしまおうと建てたのが、そののっぺらぼうの外観と言う話だ。

「覚えてるか？」と聞かれ、武さんは頷く。それは確かに彼の記憶にもあった。まだ彼が幼い頃に暮らしていた、昔ながらの古い家だ。

「どうしてここに？」と問えば、祖父はそれには答えず、「幸恵の記憶はあるか？」と聞く。

武さんはかろうじて覚えていた。「さちねぇ」と呼んで慕っていた姉がいた事を。

「その幸恵の亡霊が出るんだよ」と、祖父はその家の玄関口に立ってそう語る。武さんは驚き、

「さちねぇは死んだのか？」と聞けば、祖父は頷き、「そこはさすがに知らないだろう」と、玄関を開けて壁のスイッチを押す。かろうじて懐中電灯が不要な程度のほの暗い灯りがともる。

　家の中は武さんの覚えている記憶の通りの間取りであった。祖父は土足のまま上がり込み、「昔はこの狭い家に全員で住んでいた」と、懐かしむような事を言う。

　祖父は武さんをうながし、二階へと上がって行く。そして廊下の突き当たりにある襖を開き、中へと踏み込んで行く。武さんは、そこって確かさちねぇが私室として使っていた部屋だったなと思い出す。

　照明を点ける。そして彼は思わず、這い出た悲鳴を飲み込んだ。

　部屋の奥には粗末な作りの仏壇があった。位牌も無ければお鈴《りん》も無い。だが確実にそれが仏壇だと分かるさちねぇの遺影が飾られていて、その後ろには姉が着ていたであろうブラウスとスカートが吊るされていた。

　あるのはただそれだけだ。だがその吊るされた服から漂い出る念と言うか、気配と言うか、とにかく見ているだけで身体が震えて来るような強烈な存在感があったのだ。

「幸恵はウチの遠い親戚筋の子だった」と、祖父は言う。「早くに両親を亡くしたので、うちで養子として引き取った。だからお前とは再従兄弟《はとこ》の関係だった」

「それで？」

「お前の馬鹿親父が幸恵を殺した」と。祖父は怒気をはらんだ声で言う。同時に家のどこかがパキンと鳴った。

「殺したって……殺人？」聞けば祖父は首を横に振り、「あいつが直接殺した訳じゃないんだ」と話す。

武さんの父親は婿養子で、この祖父とは義理の親子なのである。

父は昔から遊び人で、仕事もせずに酒を飲んでは遊び歩くだけ。時には家族に暴力を振るう一幕もあり、武さんはひそかに、俺はこいつの血を引いているからこそこんな駄目な人間なんだと、いつもそんな劣等感を持っていたのだ。

「俺はもう長くねぇ。だから今後は、お前がここに来て線香あげろ」祖父は武さんの目を覗き込みながら言う。

「いいか、最低でも一週間に一度はここに来い。絶対に十日も空けたら駄目だぞ。そして線香をあげて、それが根元まで燃え尽きるまでここにいろ。後はなんもせんでいい、ただここに来て線香をあげてくれればそれでいいから」

帰り際、「幸恵はこの家のどこにでもいる」と祖父は教えてくれた。

お前には恨みが無いから脅すような事はしないだろうが、時々、話し掛けて来る事があると思う。しっかりと幸恵の声に耳傾けろ――と祖父は武さんに伝えて、後は完全にその仕事を任せてしまったのだ。

翌日から彼の度胸試しが始まった。祖父は一週間に一度と言っていたが、武さんはなんの仕事もしていない引け目もあって、毎日そこを訪れる事を自身に課した。

最初の内は何事も起こらなかったのだが、四日目を過ぎた頃から、どこからともなくさちねぇのものらしい〝声〟が聞こえて来るようになった。それも最初の内はとても曖昧で言葉にもなってはいなかったのだが、日を重ねるごとに次第にそれが鮮明になって来る。

「タケシ、大きくなったのねぇ」

遠くに、近くに聞こえる。

だが武さんは返事はしないまま、ひたすら仏壇に合掌しながら線香が燃え尽きるのを待った。時には廊下の暗がりで人影のようなものを見たり、玄関辺りで「また明日ね」と、真後ろから声を掛けられたりもした。

そうして約一ヶ月が過ぎたある日の事。いつも通りに仏壇に線香を灯し、手を合わせていた時だ。

「あの人、誰？」と子供の声。それに続いて、「あなたのお兄ちゃんよ」と言うさちねぇの声が、背後の廊下の方から聞こえて来たのだ。

——二人いる？　どう言う事だろうと目を開く。ふと、仏壇の隅の奥の方に飾られたクマの人形に目が留まる。

最初はさちねぇが女性だからこそ、こんな可愛らしいぬいぐるみを置いたものだと思っていた。だがいくらなんでも幼すぎる。さちねぇはあの当時、既に成人した大人だった筈だ。

次に壁に吊るされた服を見る。まるで人が着ているかのように、服もスカートも〝吊るされて〟いたのだ。

一気に想像が張り巡らされる。武さんは線香が燃え尽きるのも待てずに階下へと下り、全ての部屋を見て回った。

そして見付けた。洗面所の床に不自然に敷かれたベニヤ板。彼がそれを取り外して見れば、そこには〝幸恵〟の文字が入る卒塔婆が床下の土の上に横たわっていたのだ。

祖父の言葉が思い出される。「幸恵はこの家のどこにでもいる」と。おそらくこの家は、さちねぇの墓そのもので、それを隠す為にこの〝のっぺらぼうハウス〟で覆ったに違いないと、武さんは確信した。

そこから先の記憶は結構おぼろげで、憤然として家に帰った彼は、相変わらず飲んだくれて寝ている親父に馬乗りになり、両手の拳が裂けるまで殴りつけている場面が断片的にあるばかり。

それを見ていた母も祖父も、武さんを止めない。おそらくは彼が大きくなって父親よりも力で勝るのを、今まで待ち続けていたのではないかと想像する。

だからこそ彼が多少非行に走っても、定職に就かずぶらぶらしていても、何も文句を言わずに見守ってくれていたのだろう。武さんは今日までその駄目親父に殴りつけられて育って来た恨みを、今まさに全ての怒りで返していた。

その後、武さんはぐったりした父親を担いでさちねぇの待つ家へと行き、両手両足をガムテープでぐるぐる巻きにした後、「毎日食事だけは運んでやる」と言い残し、さちねぇの部屋に置き去りにした。

彼が去って行く間、親父は目を覚ましたのだろう、まるで断末魔のような悲鳴を上げ、武さんに助けを請うていた。もちろん彼は、それを聞いて引き返すような真似はしなかった。

帰ってすぐ、過去にさちねぇの身に何が起こったのかを聞かされた。それは武さんの想像した通りのもので、あの駄目親父がさちねぇに手を出し、孕ませ、それを苦にしたさちねぇがあの家で首を吊って亡くなった。そしてその遺体は洗面所の床下に埋められ、事実は隠蔽されたのだと言う。

後日、武さんは生まれて初めて、〝気が触れた人間〟と言うものを見た。

それはドラマや映画で見るようなヘラヘラと笑いを漏らすようなものではなく、ただひたすら無表情で、時折誰かと話すかのように独り言を漏らすと言う、そんな感じであった。

二日目にして武さんは父の拘束を解いたのだが、何故か親父はその家を離れる事をせず、自身で首を吊って亡くなるまでの数週間をそこで過ごしていた。

今年、七十になると言う武さんは、「もう時効だと思うので、そろそろあの家、取り壊そうかと思ってるんですよ」と笑う。

どうやら例の〝のっぺらぼうハウス〟は、今もそこにあるらしい。

第九十五夜　成龍　沫

会社の飲みの帰り。最寄りの駅を降り、ふらつく足で家路を辿る。

いつもよりも酔ってしまったなと、恭助さんはそう思った。

足がおぼつかなく、家までの距離がやけに遠く感じる。

そして家までもう少し——と言った辺りで、先程から我慢していた尿意が限界に達してしまい、普段ならば絶対に立ち寄らないであろう近所の公園のトイレへと駆け込むようにして向かった。

急いで男性用の便器の前に立つ。もたつく手でファスナーを下ろしていると、突然視界が一瞬だけ暗くなった。どうやら天井の蛍光灯が切れかけているようだ。

用を足しつつ、チカチカと瞬く蛍光灯に誘われ、自然に目が上へと向く。すると、その視界に入る天井の一面に、水墨画のようなタッチでおびただしい数のモノクロの鯉が描かれていた。

綺麗だ——と、恭助さんは素直に思った。用は足し終えていると言うのに、その絵に見蕩《みと》れてしばらく立ち呆けてしまっていた程だった。

それからというもの、その鯉が見たいが為、ほぼ毎日のようにその公衆トイレに立ち寄って帰るようになった。

ただあまりにも人が利用しないせいか、一向に切れかけの蛍光灯は直されない。

だがその点滅さえも天井の鯉が泳ぐ水面のゆらめきに思え、恭助さんは余計にその鯉の群れを愛おしく感じてしまうのである。

二週間ほど通った頃、天井の隅の方にいる鯉にだけ色が付いていることに気がついた。水墨画のようなモノクロの鯉も好きだったが、あの隅に見える色の付いている鯉も素敵だと思った。それからは日々、色のついている鯉が増えて行った。おそらくは毎日、誰かがここに来て塗っているのだろう。

――描いている人に逢ってみたい。それは恭助さんの感じる、とても素直な気持ちだった。逢ってどうしたいと言う訳ではないが、とにかくその人に逢ってこの感動を伝えたい。そしてもし叶うならば、色紙か何かでもいい、天井に描かれているものと同じ鯉の絵を一枚、お願いしたいと思ったのだ。

そしてその切なる願望は実行に移された。

とある休日。恭助さんは朝早くから家を出て、例の公衆トイレへと向かった。トイレの個室は全て和式だったので、長丁場を想定して折り畳み式の椅子を持ち込んでの事だった。

ドアを閉める。もうそうすると出来る事は何も無くなる。ただ四角く開いた空間から、点滅する照明の瞬きを眺めるだけしか無い。

そうしてしばらくその瞬きを見ていると、ふいに眠気が襲って来る。

今日は休みだと言うのにいつもよりも早起きしたのだ。誰かの気配がするまで仮眠しておこうと、恭助さんはそこで意識を手放した。

――誰かが遠くで泣いていた。

ぼんやりと意識が覚醒して行き、恭助さんは、自分がどこか知らない場所で身を横たえているのだと言う事が分かった。

目の焦点が次第にはっきりとして来て、まず最初に見えたのが天井一杯に描かれた水墨画の龍であった。そして、泣いていたのは母だった。いつ実家から来てくれたのだろう、恭助さんの横に座ってさめざめと泣いていたのだ。

ようやく意識が戻り、そこが寺の本堂である事に気付く。少し離れた場所には、そこの寺の住職だろう人の姿もあった。

どうしたのと、聞くまでも無かった。母は少々ヒステリック気味に、「なんて馬鹿な事してたの」と、ここまでの経緯を語り出す。

ある時期から、どれだけ電話をしてもまるで出なくなった――と、母は言う。

心配して家を訪ねたら、恭助さんはまるで何かに取り憑かれでもしたかのように、部屋の天井一杯に油性ペンで鯉の絵を描いていたらしい。

聞いてもまるで実感は無い。どころかその記憶の断片すら無い。

「どうして病院じゃなく、ここなの？」

ぼんやりとそんな事を聞けば、「あんたが反応したのがここだった」との事。

どれだけ名前を呼んでも振り向かない。身体を揺すっても気が付かない。どうしたら良いのかと家に電話をしたら、寺に連れて行けと父は言う。そこで寺の名前を出せば、ようやく恭助さんは母の存在に気が付いたらしい。後は大人しく母の車の助手席で揺られていたとの事。

そして寺に到着するや否や。恭助さんはずかずかと本堂へと乗り込んで行き、その天井に描かれた龍を見て安心したように眠ってしまったと言う。

そのまま寝かせておきなさいとは、住職の言葉。しかも寝ている間に一つ、経まで読んでもらったらしい。

「魅入られましたな」と、住職は笑う。

「もしくは魅入ってしまわれたか」

結局、その本堂で眠った数時間で気分はすっかり良くなっていた。恭助さんは母と一緒に軽めの食事をした後、ワンルームのマンションへと帰った。

天井には確かに、殴り描いたかのような鯉が沢山浮かんでいた。

何もかもが自分の記憶とは違っていたが、きっとこっちが現実だったのだろうと恭助さんは思う。何しろ最後の記憶にあるトイレで眠った一幕は、まさに母がここに到着した時刻とほぼ同じだったからだ。

「気持ち悪い」

そう呟いて恭助さんは、別れた彼女が忘れて行った除光液で、天井の鯉を消す作業に没頭した。

その後、恭助さんの話を辿るようにして、聞き手である私は例の公衆トイレを探しに向かった。

その話を聞いたのは実体験から僅か一ヶ月足らずと言う話であったのだが、聞いた場所にはトイレどころか公園すらも無く、ただ高層のマンションがそびえ立っているだけだった。

第九十六夜　# 伝染る音

筆者

近衛梨花さんがそのマンションに越して来て、一年程が経った頃の事だ。

夜の十時頃、突然玄関のドアがノックされた。

最初は自分の部屋ではないだろうと思っていた——が、二度、三度とノックされる内にようやく、〝誰かが来た〟と察したのだ。

だがこんな時間に訪ねて来る人など心当たりが無い。梨花さんはなるべく留守を装うつもりでそっと玄関に近付き、スコープを覗く。すると——

人がいた。但しそれはドアの真正面ではなく、ドア横にあるガスと電気のメーターボックスの辺りに立っていた。

迷ったが、梨花さんはドアを開けてしまった。そしてそっと外を覗けばそれはやはりボックスの前で、しかもその人はボックスのドアに額をくっつけるようにしながら前のめりに立っている。男だ——と思った。髪は長く、顔は隠れてしまっているが、それでもその体付きや腕の太さから、男性だと思ったのだ。

咄嗟に、〝まずい〟と感じた。すぐにドアを閉め、鍵とチェーンを掛ける。

自然に震えが込み上げて来る。梨花さんはそのドアの前に立ったまま警察へと連絡し、不審者が家のドアの前にいる事を告げた。

やがて遠くからサイレンの音が近付き、そしてドアのスコープ越しに、その男が連行されて行くのが見えた。

その後、警察の方からの聴取には全て素直に答えた上で、あれはどこの誰で、何が目的で来たのかをしっかり聞いてくださいと念を押した。だが――

「あの方は、近衛さんの隣人の方ですね」と、翌日に報告が来た。しかも罪に問われるような事は何もしていないので、すぐに釈放となったと言う。

「彼が立っていたのは共有スペースであり、誰がそこにいても咎められるものではありません」

言われて梨花さんは、「でも、人の家のメーターボックスを眺めているなんておかしいじゃないですか」と言い返せば、「見るだけでは犯罪には問えませんよ」と返される。

「じゃあドアのノックは?」

聞けば警察官は少しだけ言葉を濁した後、「それは彼のやった事じゃないんです」と言う。

「どう言う事ですか?」と、梨花さんは少しだけ声を荒げる。するとその警察官は、「マンションの防犯カメラで確認しました」と告げた上で、「近衛さんの部屋のドアには、誰も触れていないんですよ」と言うではないか。

意味が分からない。ちゃんと説明して欲しいと言うと、警察官は「近衛さんがドアを開けて姿を見せた辺りからずっとさかのぼって見ても、その玄関の前に立った人は誰もいないんです」と語る。

要するに、ドアのノックと隣人の奇行はまるで関係が無いと言う話なのだ。

そうなると今度は隣人の報復が怖い。夜中にそんな奇行に走る人が隣にいる上、警察に連絡して連行までされているのだ。当然、梨花さんを恨んでいるに違いない。

どうしようか。しばらくは仕事にも行かず、部屋に閉じ籠もろうか。そんな事を考えていると、ピンポーンとインターフォンが鳴る。

嫌な予感はしたが、そっとそのモニターを点けてみた。するとそこに立っていたのはやはり、今までにも何度か顔を見合わせた事のある例の隣人の姿だった。

『あの……ごめんなさい。ちょっと誤解を解いておきたくて』と、その男は言う。

怖くはあったが、梨花さんはチェーンをしたままそっとドアを開けた。

「あの、昨晩は申し訳ありませんでした」と男は慇懃に頭を下げ、「ちょっとお話を聞いていただきたいのです」と言うではないか。

結局梨花さんはその男性を部屋に上げた。そうして彼の口から出た話は、相当に怖いものだった。

半月程前から、利明さんの部屋の玄関ドアがノックされるようになった。

最初は全て居留守であった。こんな真夜中に、インターフォンも使わずドアをノックするような失礼な人間とは関わりを持ちたくないと言うのが、彼の素直な感想だった。

彼——田中利明は、ライターの仕事をしていた。仕事柄、日中は打ち合わせや取材に時間を割き、夜に執筆をする毎日であった。

さて、連日そのノックは続く。無視を決め込んでいても、十分置きぐらいに再びノックされるのだから始末に悪い。ある晩とうとう、「どんな奴だ」とばかりにドアの前に立ち、ドアスコープを覗いてみた。

それは女だった。しかも全く知り合いでもなんでもない赤の他人。

「誰だこいつ」と小さな声で呟き、利明さんはその訪問者を無視したまま作業へと戻った。

だがその女は毎晩やって来る。控えめなノックではあるが、夜の内に四度、五度とドアを叩き、利明さんが出て来るのを待ち続けているのだ。

やがて利明さんの方にも変化が訪れた。その女性がやって来るのをどこか心待ちにするようになっていたのだ。

ノックが始まる。すると利明さんはドア前に立ち、スコープを覗く。

女性はそこそこに綺麗な人だった。スコープ越しの歪んだ視界ではあるが、利明さんはその女性の姿を眺めているだけで、自然に心が満たされて来るのが分かったと言う。

やがてそれは歪んだ性的嗜好となって行く。ドア越しに彼女がいると言う事に、妙な興奮を感じてしまったらしい。夜ともなればそのドアの前に立ち、スコープからその女性を覗く行為に溺れてしまったと言うのだ。

そしてとある晩の事。いつも通りにドアのノックと共にスコープを覗く。そうして何分程が経ったのだろう、突然に背後から肩を掴まれた。

何事だと利明さんは思った。自分しかいない部屋で、しかも背後から急にである。慌ててそれを振り解こうとすれば、それは制服姿の警察官で、「下に車があるので、そこまで来てもらえますか」と、半ば強制的に聞いて来る。

――気が付けばそこは部屋の外の廊下であった。

いつの間に外へと出たのか、まるで分からない。しかもスコープ越しの女性もいない。同時に、どうして自分が連行されるのかは更に分からない。だが言う通りにパトカーへと乗り込み、最寄りの警察署へと向かい、自身の身元を明かした頃には警察官達も穏やかな対応へと変わって行ったと言う。

「それが……あの晩の事なんですか?」と、梨花さんは聞く。すると利明さんは静かに頷いた。

そこからは更におかしな話となる。利明さんの話を裏付ける為、警察の方で利明さんの部屋の前を映している防犯カメラの映像を確認したらしい。

――が、そこには利明さんが言うような女性の姿は全く映っていなかった。代わりに、部屋から出て来た利明さんが毎晩のように廊下のメーターボックスを覗いている映像だけが残っていた。

「正確な時間は分かりませんが、部屋のドアをノックされると同時に、僕はそんな行動に出ていたようなんです」

梨花さんは自らの口を押さえた。怖くて声が漏れそうになるのを、必死で堪えたのである。

そして気が付いた。ドアのノックは、自身の部屋にも〝移って来た〟のだろうと。

「そんな訳で、僕はそろそろここを越して行こうと思ってます」と利明さんは頭を下げ、部屋を出て行ってしまった。

さてその晩。また例のノック音はするだろうと、梨花さんは身構えていた。

すると――やはり音はした。梨花さんは恐る恐るドアに近付き外を覗けば、今まさにそのドアの向こうから遠離《とおざか》ろうとする二人の人影が見えた。

一人は隣に住む利明さんだった――が、その背を追う〝もう一人〟の女性の姿が誰なのか分からない。

二人は隣の部屋へと消えて行く。そう、利明さんの住む部屋の中へと。

梨花さんは怖くてその正体を確かめる事なく、その夜を過ごした。

翌日にはもう利明さんは出て行ってしまったのだろう、ドアストッパーを掛けた隣室は中が丸見えで、完全に空き家になっていた。

その後、ドアのノックは無くなった。だが隣に人が越して来る度、僅かな期間でまたすぐに出て行くのである。

勿論、理由は分からない。

第九十七夜

# 最期の視線

筆者

とある仕事終わりの夜の事だった。

藤岡日向子さんは愛車の軽自動車を駆って家路を急いでいた。

さて、どの辺りからだろう。気付けば日向子さんの車の真後ろに、ぴったりと張り付くようにして一台の車が跡をつけていた。

但しそれは煽り運転とは少々違い、撒かれないようにと必死になっているような印象を受けた。嫌な感じだな。思って日向子さんはアクセルを踏み込む。すると後方の車もまた、加速を付けて追って来る。

前方の信号が黄色に変わる。少しだけ迷ったが、日向子さんは減速せずに交差点へ飛び込んだ。このタイミングならばもう諦めるだろう。思ったが、甘かった。後方の車は左右から鳴らされるクラクションすらも気に留めず、付いて来るのだ。

バックミラーを睨む。暗過ぎてその運転手の姿はまるで判別付かないが、なんとなく女性のような気がした。

この人、まさか家まで来る気じゃないよね。

どうしようかと懸命に考える。そこで考え付いたのが、自宅から少し先にある警察署の存在だ。日向子さんは迷う事無くそちらの方へとハンドルを向け、警察署の真ん前にある無料駐車所へと車を突っ込んだ。

さぁ、どうするつもりだ。思いながら後方を確認すると、驚いた事にその車もまた駐車場の中へと侵入して来るではないか。

道路反対側を見れば、向こうには署の前で門番をしている警察官の姿がある。

これならば何かあってもすぐに助けてくれるだろう。そう思って日向子さんは覚悟を決めて車を降りた。

後方からの眩しいヘッドライトの明かりが日向子さんを照らす。彼女は片手で庇を作りながら、「一体何なんですか？」と、大声を上げて叫ぶ。すると――その車から降りて来たのは驚いた事に日向子さんの姉である由祐子さんであった。

「お姉ちゃん？」

そう叫べば、向こうもまた「日向子」と呼んで笑顔を見せる。そして運転席に手を伸ばし、眩しかったヘッドライトを消す。それと同時に、姉の姿もその車の存在すらも掻き消えた。

「えっ？」

驚いてその車があった場所まで駆け寄る。だがやはり、そこにはなんの痕跡も無い。

「どうかしましたか？」

声が掛かる。見ればさっきまで署の前に立っていた警察官の姿がそこにあった。

「あの、今ここにもう一台、車ありましたよね？」

聞けば警察官は少しだけ首を傾げ、「ここに？」と、指先で地面を差し、「いいえ」と答える。

「ずっと見てましたけど、あなたの車しか入って来ませんでしたが？」

結局日向子さんは警察官に頭を下げ、その場を後にした。

さっきのは一体何なんだろう。思ったがまるで見当が付かない。そしてその当の姉である由祐子さんが車で事故を起こしたと聞いたのは、その翌日の事だった。


「ねぇ、とんでもない事故やっちゃったんだけど」と、姉の由祐子さんから電話が来たのは、もう寝ようと思った遅い時刻の事。

「どこでよ？」と日向子さんが聞けば、「岡山」と姉は言う。

「岡山まで行ってたの？」

「いや、実はまだ岡山にいるんだけどね」

明日には帰ると言いながら、由祐子さんは「ちょっと奇妙な事があってさ」と話す。

「昨晩の事なんだけど……」と語り始めた内容は、まさに昨夜、日向子さんが体験したのとほぼ同じようなものだった。

由祐子さんは医療設備の営業をしており、その関係で当日は岡山まで飛んでいた。

さて、思ったよりも帰りの時刻が遅くなり、由祐子さんは自分の愛車を運転しながら予約している宿へと向かっていた。すると、目の前を走る車のナンバーがとても見知ったもので、一瞬で「日向子の車だ」と気付いたのだ。

実際、日向子さんのナンバープレートの数字はとても覚えやすいもので、しかも良く見ればその県名までもが同一なのである。由祐子さんは「盗まれた」と咄嗟にそう思い、撒かれてたまるかとばかりにその車を追跡した。

前を行く車は土地勘があるのか、どんどん入り組んだ路地の中へと分け入って行く。由祐子さんはすぐにでも日向子さんに連絡を付けたかったのだが、生憎にも携帯電話は宿の鞄の中だった。

ここで撒かれたらもう絶対に探し当てるのは無理だ。そう思い、由祐子さんは必死にその跡を追う。おそらく前方の車も尾行されているのは察しているのだろうが、やがて諦めたのか一軒の家の庭先へと車を入れ、ライトを消した。

由祐子さんはその車の真後ろへと自身の車を付け、退路を塞いだ状態で車を降りた。

だが何故か前の車からは誰も降りて来ない。どうしたものかと回り込んで行けば、その運転席には誰の姿も無かったのだ。

由祐子さんがその場で呆気に取られていると、パッと後方で明かりが点いた。そしてその方向から声が掛かる。

「あの――もしかしてその車、ここまで追って来られました?」

振り向けば、向かいの家の玄関から覗く若い女性の姿。由祐子さんはその言葉にどう返答すべきかと悩んでいると、「追って来られたのはその車じゃないですよね?」と言うではないか。

意味が分からない。思いながらその車を見て、由祐子さんは今度こそ驚きの声を上げる。

確かに車は違っていた。それは妹の日向子が乗っている軽自動車ではなく、かなりの年代物のセダンであった。

「どうして――?」

呟けば、「良くあるんです」とその女性。

「おそらくはご兄弟かご家族の車だと思ってここまで来られましたよね？」

どうやらそうやってこの家まで来る人は、年間で何人かいるらしい。そしてその人達には常に共通点があり、前方を走る車が家族か兄弟のものだと思い込み、追って来るのだと言う。

だがその当の車はまるで違うもの。しかもその車は全く動かない廃車であり、その車が停まる家すらも、人が住まなくなって久しい廃屋なのだ。

「どうして？」

「理由は分かりません」と女性。「でも、何かその現象が起きる条件に当てはまっちゃったんでしょうね。災難だとは思いますが、それ以上の事は何も無い筈なので諦めてお引き取りください」

言われて、そうですかと車に向かう由祐子さん。そこでもう一度、「待って」と声が掛かる。

「もしかしてあなたの車、ドライブレコーダーが付いてます？」

聞かれ、「えぇ」と答えると、「お節介な事ですが」と女性は前置きし、「その中身は見ない方がいいと思います」と言うではないか。

「どうしてですか？」

「後悔するからです」

意味が分からない。何がどう後悔するのかと問えば、「説明してしまったら、中を見たのと同じ事になります。どうかこれ以上は深入りせずにお願いします」と、女性は家の中へと入って行ってしまった。

「——と言う訳なんだけどさ」

聞いて日向子さんは、「なるほど」と頷いた。

細部こそ違うが、それは昨晩、彼女が体験した事にとても良く似ている。そこで日向子さんは自分の身に起きた出来事を姉に語って聞かせると、「それは不思議ねぇ」と驚き、「やっぱりドライブレコーダーの中身、確認すべきかしら」と言う。

由祐子さん曰く、そのまま放っておけば数日でその日のデータは上書きされてしまう。それもまた後で気になる事だと思うので、データは抜いて保存する事にしたらしい。

「ねぇ日向子。私明日には帰るからさ、良かったらそのデータ、一緒に見てくれない？」

ちょっとだけ不安は感じたが、日向子さんは「分かった」と告げ、通話を終えた。

さて更にその翌日の事である。朝、職場のドアを開けると、運悪く目の前には片桐さんの姿。

片桐さんとはその会社では〝おつぼね様〟と呼ばれる古参の独身女性で、とにかく仕事にも規律にも厳しい面倒な先輩であった。実際、日向子さんもその先輩からは相当に小言を言われて来た口である。

「おはようございます」と、その横を通り抜けようとすると、片桐さんは「待って」と日向子さんを呼び止め、「あなた最近、身内にご不幸とかあったでしょう」と聞く。

「いえ、特にそんな事は……」と返せば、「じゃあ仲の良いお友達とかは？」と、更に聞いて来る。

「いやぁ、心当たりありませんが」

「本当に？　髪の長い眼鏡の女性で、交通事故で亡くなった方よ？」

言われて日向子さんはドキッとした。亡くなってこそいないが、確か姉からの昨日の電話は、事故を起こしたと言う話からであった筈。しかも姉の容姿は、長い黒髪で眼鏡と言うスタイルだ。

「いるのね？」と、片桐さんは日向子さんの顔を覗き込む。

そこで日向子さんは、昨晩の姉との会話をかいつまんで話せば、片桐さんはしばらく考え込んだ後、「お昼、一緒に外に行こう」と言って自分の席へと戻って行った。

そしてお昼休み。片桐さんの奢りでサンドイッチを購入し、ひとけの無い公園で一緒に食事をする事となった。

「起こった事、全て話してくれる？」

言われて日向子さんは自分の身に起こった事から全てを包み隠さず話せば、片桐さんは、「そうか、全てはこれからの話なのね」と一人で納得し、「これは私からの進言なんだけど、そのお姉さんとはしばらく逢わずにいてもらえない？」と言うではないか。

「えっ、どうしてですか？」

「全部あなたに移っちゃうからよ」

やはり良く分からない。そこで日向子さんは、「悪いんですが、今夜姉と逢う事になってます」と言えば、「それは駄目」と片桐さん。

「あなたが危険な目に遭うだろう事が分かっていながら、それを止めない訳には行かないわ」

「良く分かりません。何がどう危険なんですか」

さすがに日向子さんも片桐さんの一方的な言葉に少々苛立ち、少しだけ強い口調でそう言った。

「そうねぇ……これぱっかりは言葉で説明しても難しいわね」

そして片桐さんはまた考え込み、「じゃあ、その二人の席に私も付いて行ってもいいかな」と言う。

「多分それぐらいなら」と返事をして、『今夜会社の先輩も一緒に連れて行って良い？』と姉にメッセージを送れば、『大丈夫よ』とすぐに返信が来た。

さてその日の定時後、日向子さんは家の近くのコンビニエンスストアで片桐さんと落ち合う約束をしておいて、一旦家へと帰った。

片桐さん曰く、「これはちょっと色々と準備して来ないと難しいから」との事。

一体何を持ち出して来るのだろうと思いながらコンビニで待つが、約束の時間を過ぎてもなかなか片桐さんは現われない。

どうしたのだろう。思いながら何度かメッセージを送るが、既読すらも付かない。

結局日向子さんは『先に行ってます』と送り、姉の家の住所も一緒に送信した。


姉である由祐子さんの家は、日向子さんの住むF市の隣、J市にある。

独身で、そこそこには給料も良いらしい。由祐子さんは建て売りの一軒家に暮らしていた。

家の前の庭には駐車場があり、余裕で二台分は置く事が出来た。日向子さんが空いているスペースに車を置くと、確かに姉は事故を起こしたのだろう、姉の車は前方左側が激しく損傷し、バンパーごとひしゃげて窪んでしまっている。

「遅かったね」と、由祐子さんが迎えに出て来てくれた。

「それでこの事故、何があった訳？」

聞くが由祐子さんは、「話せば長くなるの」と先に家の中へと入って行ってしまった。

夕食は三人分あった。日向子さんは呼んだもう一人の先輩の事を話し、「多分後から来ると思うんだけど」と自信なさげに説明する。

食事が終わり、二人で珈琲を啜っている時だった。

「実はもう、一人でドライブレコーダーの映像、見ちゃったんだ」と、由祐子さん。

「なんで」

「あんたが遅かったからでしょう」

そして由祐子さんは、確認したその映像が実に不可解なものであった事を語って聞かせた。

当時の記憶では、日向子さんのものだろう車を、右に左にと折れてひたすら追跡するばかりであった筈。

だがそこに残された映像は、長く続く一本道を延々と走っているだけ。記憶と記録は、まるで違うものだったのだ。

「確かに後悔したわ。なんだか自分の脳がおかしくなった気分」と姉は言う。

そして今度は、日向子さんが片桐さんの事を話した。

実は今日、こんな事があって——と、結局待ち合わせの場所に片桐さんが来なかった辺りまで話した所で、急に由祐子さんは顔を覆って泣き始めたのだ。

「どうしたの？」

聞くが姉は、「全部私のせい」とだけ言って泣くばかり。

そして姉は「具合が悪い」と言って自室へと引っ込む。日向子さんもそれに付き添えば、「悪いけど今日はずっと一緒にいてもらえる？」と聞くので、日向子さんは姉のベッドの横に布団を敷き、そこで寝る事にした。

姉は横になると僅か一瞬でいびきをかきはじめた。しかもそのいびきはとても激しく、日向子さんも心配する程だった。

部屋には一台のノートパソコンがあり、そこにはさっきまで例のデータを見ていたのだろう、先日の日付をタイトルとしたフォルダがモニターに映し出されていた。

日向子さんはちょっとだけ覗いてみたいとは思ったのだが、やめた。なんとなく見てはならないような気がしたのだ。

さて、一夜明けての翌日。スマートフォンのアラームに起こされて日向子さんが目を覚ませば、既に由祐子さんの布団は空だった。

どうしたのだろう。もしかしてキッチンか。思って階下へと下りるがどこにも姉の姿は無い。どころか庭の姉の車すら消えているのだ。

こんな時間から仕事なのだろうか。だが時刻はまだ六時を少し過ぎたばかり。いくらなんでも同じ市内の仕事場に向かうのに、こんなに早い筈が無い。慌てて日向子さんは姉に通話を試みるが、姉のスマートフォンは二階の寝室で鳴っていた。

また忘れて行ってる。日向子さんは溜め息を吐き、目の前のテーブルに置かれているスマートフォンが留守電に切り替わるのを直に眺めながら、「行って来るね」とメッセージを吹き込んだ。


出社すると、部署では小さな騒動が起きていた。いつもならばもう既に掃除を終わらせてお茶を淹れ始めている筈の片桐さんが来ていないと言うのだ。

どきっとした。なんとなくだが、日向子さんにとって昨日の出来事が関係しているような気がしてならなかったのだ。

始業時刻が過ぎても、やはり片桐さんは来なかった。

小泉課長が自宅に電話してみたようだが、どうやら繋がらなかったらしく、「誰か事情を知っている者はいないか?」と聞いて回っていた。

そして日向子さんは素直に、「昨晩逢う予定でした」と話した。そして手短に、退社後に落ち合う筈だったのだが来なかったと言う話をすると、小泉課長は「一応捜索願いを出すか」と、上司の許可をもらいに出て行ってしまった。

——果たして、片桐さんは間もなく見付かった。但し、本人不在の車だけ。

しかも驚いた事にその車は、自宅からかなり離れたT市の海沿いの道で見付かった。

車は相当なスピードが出ていたようで、カーブを曲がりきれずにガードレールを破壊し、そしてそれを乗り越え海へと落下した。

毎日その道を通る人がそのひしゃげたガードレールと衝突痕を見付け通報し、車が引き上げられると同時に身元が判明。そして小泉課長の出した捜索願いと合致したと言う訳らしい。

だが、その車の中から片桐さん本人の姿が見付かっていない。

ここからが頭を悩ます所なのだが、車の窓はどこも割れていない上、ドアは閉まった状態で見付かったと言うのだ。

もしも水没後にドアを開けて外に出たのだとしても、それをわざわざ閉める理由が無い。

従って警察の見解では、何らかの方法で無人のままアクセルを踏ませ、車だけを海へと落としたのではないだろうかと言う意見で落ち着いているらしい。

その後、日向子さんは現地の警察署に呼ばれ、失踪する前の日の事を聞かれた。

最初は大雑把に、片桐さんと一緒に姉の家へと行く予定だったと言う話をしたのだが、「以前からそうやって三人で会う事はあったのか？」「片桐さんとは個人的な付き合いが多かったのか？」と突っ込まれている内に、仕方無く事の成り行きを全て白状するに至ったのである。

その前日の夜に、地元にいる筈の無い姉から追跡された話から始まり、姉にもまた同時刻に同じ現象が起き、廃車が置かれる廃屋まで導かれた事。

そして後日、片桐さんから姉と逢うなと忠告され、結局は三人で逢うと言う流れになった所で、片桐さんだけが来なかったと言う話をした。

話を聞いてくれていた警察官二人は、相当に頭を悩ませたらしい。結局、何の結論も出ないままで、「とりあえずお姉さんの方も、捜索願いは出しておいた方がいい」と言われた。どうやら姉は、会社に何の連絡も無いまま出社していないそうなのだ。

そう言えば——と、思い当たる。岡山でのドライブレコーダーの記録がまだ未確認である事を告げると、警察官の二人は「それ、見てみましょう」と言ってくれた。

日向子さんはパトカーを先導する形で姉の家まで向かい、そして合鍵で中へと入った。

やはりと言うか、姉が帰って来たであろう痕跡はどこにも無い。日向子さんは震える足で二階まで登り、寝室のノートパソコンを起動させた。

モニターは前日のままだった。「多分これです」とフォルダを指差せば、警察官の二人は「我々だけで確認します」と、確認作業に当たった。

二人は何度も何度もその映像を繰り返して見ているのだろう、小声でやり取りしている内容もまた、その映像が不可解である事を告げている。

「もう一度同じ事を聞きますが、お姉さんと片桐さんとは面識が無いんですよね？」

はい——としか、日向子さんには答えられない。

その後もいくつか、訳の分からない問答が続いた。

本当にお姉さんが岡山にいたと言う証拠はあるか。一日早くこちらへ帰って来てはいないか。

お姉さんと片桐さんの面識が無いと言うのは、あなたの勘違いではないか。

日向子さんは全ての質問に素直に答えて行ったのだが、結局その警察官二人は、「意味が分からない」と言って首を傾げ、「ちょっと見てください」とそのパソコンを日向子さんの方へと向けて来た。

「回しますよ?」と言われ、日向子さんは唾を飲み込み頷いた。そうして見たものはやはり、何もかもが納得行かないものだった。

映像は、とある信号にて停車している所から始まっていた。

時刻はちょうど深夜の零時。そして場所の詳細はと言うと、片桐さんが失踪したとみられるT市であった。

車は走る。その内容は、姉が語っていたものとはまるで違うものだった。

道はとても単調な一本道で、分岐もなければ信号もほとんど無い。左側に暗い海が見下ろせるなだらかな街道であった。

突然、映像が停止する。警察官の一人がマウスを操作し、停止ボタンを押したのだ。

「ここからなんですが、大丈夫ですか?」

はいと、日向子さんは返事をする。そして再開された映像には、思わず悲鳴を上げそうになる内容が含まれていた。

道は、大きく右にカーブしていた。だが車はハンドルを切るでもなく、停止するでもなく、ただ単にスピードを緩めただけでそのままガードレールに衝突したのだ。

ガツンと音がして、車の左前方が完全にガードレールに当たっているのが確認出来た。そしてその衝撃のせいか、ウインカーが点滅し、ワイパーが動き出した。

あぁ、これが姉の事故の真相かと納得した所で、僅か一瞬だけ、訳の分からないものがその車の前方を横切ったのだ。

えっ――と、思う間も無かった。警察官は、「ちょっと戻します」と言ってマウスを操作し、今度はそこからの映像をスロー再生で見せてくれた。

驚いた。横切ったと思ったのは車だった。

それは本当に一瞬の出来事で、右から左に車が通って行ったかと思えば、前方のガードレールを踏み台にし大きく跳ね、海の方へと消えて行ってしまったのである。

一瞬で理解した。これは間違い無く片桐さんの車だと。

映像はもう一度繰り返された。姉の車がガードレールに接触する。激しく画面が揺らぎ、一瞬遅れて衝突音が来る。ウインカーが点滅しワイパーが動き出す。その数秒後、右から左へと車が通り抜ける。そしてその車がガードレールにぶつかる寸前、画面は停止された。

運転席には人が乗っていた。その様子を、姉の車のハイビームが照らしていた。

間違い無くそれは、片桐さんだった。

片桐さんは姉の車の方を向き――その笑顔をモニターに映していた。

日向子さんはこう語る。片桐さんが最後に笑ったのは、もしかしたら私に向けての事かも知れませんと。

確かにパソコンのモニター越しに、二人は視線が合っていたのだ。

姉の車は、後日岡山で見付かった。

本人は未だ行方不明のままである。

第九十八夜　傀儡の家・筆者編　　筆者

週末が近付く度に松田美智さんはいつも憂鬱になる。理由は、夫の隆が実家へと帰りたがる事。

「今週の土日は空いてるよね？　全員で実家に行くって予定でいいね？」

一応は聞いて来るふりはするが、事実上はほぼ決定である。これが美智さんと息子の孝司の週末毎の憂鬱の原因なのだ。

もしもこれで、「行きたくない」とか、「もう埋まってる」などと言おうものならば、隆は途端に不機嫌さを露わにして怒鳴り出す。もしくは孝司一人を連れて実家に行こうとする。美智さんにとってはそれが一番避けなくてはいけない選択の為、結局はいつも三人で実家へと向かう事になる。

実家はさほど遠くはない。車で向かえば僅か三十分にも満たない程度の距離である。もちろん行きたくない理由はその距離のせいではない。

松田家の実家は、築七十年以上と言われる古さの日本家屋であった。今ではもう滅多に見る事の出来ない瓦屋根で、手入れさえ怠らなければとても立派なお屋敷である。

だが年老いた義母が一人で住んでいるが為、広い庭は草も木も伸び放題の幽霊屋敷さながらの風貌となっている。

隆の父である昌幸氏は既に他界している。聞けば夫自身もほとんど父の記憶は無いぐらい遠い昔に亡くなっているらしい。要するに、もうそれぐらいの頃から家は荒れ果てていると言う計算になる。

雑草の生い茂る庭に車を乗り入れる。車を降りると同時に、いつもの嫌な雰囲気を肌で感じる。隆は勝手知ったる要領で郵便受けの裏側から合鍵を取り出せば、玄関を開け、「母さんただいま！」と元気良く声を掛ける。

同時に家の中から吹き抜けて来る風が、美智さん達の横を通り過ぎて行く。いつもながらの臭くて冷たい異質な風だ。

開いた玄関から人の視線を感じる。それは一つ、二つではない。同時にこちらを睨む、大勢の人の視線だ。

息子の孝司が美智さんの腰にしがみつく。美智さんもまた孝司の身体を抱き締めながら、家の奥の暗がりに向かって頭を下げる。

「お帰りなさい」と声がする。裸電球の灯る暗がりに人がいた。羽織姿の義母、キヨ子である。

そしてその背後には悪趣味な程の量の日本人形。それがこの家から発せられる異様な臭気と大勢の視線の原因。そして美智さんと孝司の、実家へと行きたがらない理由であった。

その家の雰囲気にはなかなか慣れない。どころかこの先もずっと慣れるだろう事など無いと美智さんはそう思っている。

人形は玄関先だけではない。おそらくは家中にそれはある。なにしろ尋常ではない数なのだ。

「いらっしゃい。自分の家だと思って、ゆっくりして行ってね」と義母は言うが、とてもそんな気持ちにはなれない。息子の孝司に至っては身体を小刻みに震わせ、絶えず周囲に気を払いながら膝を抱える。週末毎にこうなのだから、十歳程度の子供にはかなり厳しい環境である。家は全て人形の匂いに包まれている。古くかび臭い、とても独特な陰気な匂いだ。人形には魂が宿ると言うが、ここにいる限りその言葉は真実のように感じる。

そして隆はその雰囲気のどこがいいのか、実家に着いた途端に陽気になり、ひたすら義母と人形のことについて語り出す。

あれからまた数体人形が増えただの、今度はどこそこまで行って探してみようか等と、実に楽しげに話している。もちろん美智さん達はその会話の中に加われない。ただ二人で話しているその内容に、ひたすら耳を傾けているだけである。

美智さんは、いよいよ義母自身も人形めいて来たなと思った。べったりとした黒髪のおかっぱ頭。そしてその顔は異様なぐらいに白塗りされ、唇だけが浮いて見えるぐらいに赤い。

いつも古めかしい着物ばかりを着込んでいて、その家に漂う臭気の原因の一つは義母自身なのではとすら思う。

義母はその顔にいつも薄笑いをしたような笑顔を張り付かせ、口を開けば取って付けたかのようなお世辞をゆるゆると流暢に語る。まるでその人間性が覗えない、そんな人であった。

居間の中にも多くの人形がひしめき合っている。市松人形に木目込み人形。博多人形もあれば、雛人形やこけし、ゼンマイ仕掛けのからくり人形までもが部屋中に並べられている。

なんとなくだがその中の何体かは、自我を持って動き回るのではないかとすら思える程に、圧倒的な存在感を漂わせてそこに陳列されている。

落ち着かない。どうあっても人形達が向けるその視線に、敏感にならざるを得ないのだ。孝司に至ってはひたすら膝を抱えて固まったままで、何もしゃべらない。元より孝司はとても寡黙な子で、感情的になる事などほとんど無い。したがって実家にいる時などは終始顔を伏せており、気の毒なぐらいに大人しい。

美智さんは息子の為にいつ帰る旨を切り出そうかとタイミングを伺うが、二人の会話はなかなか途切れない。その内に晩ご飯が振る舞われ、食べ終われば、「せっかくだから泊まっていらっしゃい」と引き留められる。

ぐぅと、孝司の喉が鳴る。これはもう限界だなと思い無理にでも帰ろうと試みるが、そうすると今度は夫の隆が烈火の如くに怒り出すのだ。

「お母さんの好意に失礼な事言うな！」

下手をすれば怒鳴られるどころか暴力まで振るわれるのである。そしてその辺りが美智さんの反抗の限界であった。ただ殴られるだけならまだしも、その暴力が孝司にまで及んだり、帰りの足が無いと言うのに家を追い出されたり――と考えると、もうそれ以上強くは出られないのだ。

こんな事なら私も若い内に運転免許を取っておくべきだったと、美智さんはその度に後悔する。

やがて就寝の時間となる。寝る場所はいつも決まって夫が昔使っていた部屋へと通される。隆の部屋はその当時のままで、そこの部屋だけは人形が全く置かれていない。それだけが唯一の救いでもあった。

夫の隆はいつも義母と一緒に寝室へと消える。果たしてそこでもまだ人形談義が続いているのか、部屋の近くを通る度に夜遅くまでぼそぼそと二人の談笑が聞こえて来る。

夜ともなると、人形達の存在が活発化して行くような感覚がある。

夜の静寂が訪れると共に、絶えず家中から何かしらの物音が耳に届いて来る。それは何か物を置く音、引っ掻く音。倒れる物音に、落ちる音。時にはささやき声や密やかな笑い声であったり。子供のような足音が聞こえたかと思うと、今度はどこかで扉の開く音、閉まる音。そんな音が休まる事なく一晩中続くのである。

当然眠れる訳がない。孝司は頭から布団をかぶり、「帰りたい」と呟きながら鼻をすする。そして美智さんは意味も無くむしょうにトイレが近くなる。

真夜中のトイレはまるで肝試しそのものだ。孝司も部屋で一人待つのは嫌だと、都度、美智さんと一緒に付いて来る。その度に家中のどこかで人形が落ちたり転んだりするので気が気ではない。

「この家、どこか変だ」

これが二人の間だけで交わされる言葉であるならまだ良い。もしもそんな事を隆に言おうものなら、それこそ人が変わったかのように怒り出す。

美智さんはいつもそこが不思議だった。隆は普段からとても温厚で、どんな場面でも感情を外に出すような事は滅多にない。だが実家の事となると話は別で、どんな些細な事であれ、実家を否定するような発言になるとまさに人格が変貌してしまう。そして美智さんはその理由が全く分からないままでいたのだ。

ある日を境に、孝司が二階の自室から出て来なくなってしまった。当然、学校も不登校となる。

いずれ私か孝司のどちらかに、精神の限界が来る。そう思った矢先の事だった。

義母のキヨ子が急逝したと言う知らせが届いた。

——ある晩の事だ。家に電話が入り、「お母さんの具合が悪いらしい」と隆が慌てていた。

美智さんは咄嗟に、「一緒に行こうか」の言葉をぐっと飲み込み、夫を送り出した。

そしてそれっきり隆は三日間を向こうで過ごし、四日目の夜に、「さっき亡くなった」と涙ながらに連絡して来たのだ。

それから数日後、義母の告別式が執り行われた。美智さんは神妙な顔で義母との別れを惜しんだが、内心ではもうこれ以上の喜びは無いだろうと思うぐらいに彼女の死を有り難がっていた。

もうこれで実家へと帰る理由は何も無いし、夫の隆もまた「実家は老朽化しているし、全て畳む事にする」と、自らそんな話をしていた。

解放された。心からその事実を喜んだ。

だがその安堵はほんの一瞬だった。美智さんと義母の戦いは、まさにそれからの話だったのだ。

ある日の夕方、買い物から帰って家の玄関を開けた途端、ぞろりと臭くて冷たい嫌な空気が美智さんの横を通り抜けて行った。

怖気が足下から這い上がる。そして今度は家の中から、何者かの視線がこちらに向く感覚があった。

これは——知っていると、美智さんは思う。そうして顔を上げれば、玄関には膝を抱えて座り込んでいる孝司の姿。

「どうしたの？　何があったの？」

聞けば孝司は膝の中に顔を埋めたままで、返事もせずに身体を震わせていた。

瞬間、美智さんは何かを察した。尚も、「何かあったの？」と聞けば、孝司はそっと二階の方を指差して、「パパが……」と呟いた。

何もかも理解した美智さんは、大声で夫の名前を呼ぶ。すると少しして、階段の踊り場辺りから隆が顔を覗かせた。

「どうかした？」と隆は笑うが、美智さんは激高しながら、実家の人形をここに運び入れたのだろうと問い詰める。すると隆はまるで悪びれた顔もせず、「別に持って来ちゃ駄目とか言われてないじゃない」と笑うのだ。

「やめて。全部持って帰って」

言うが隆は、もう向こうの家は取り壊す予定だし、家財道具をどうしようかと悩んでいる所なんだと、のらりくらり言い訳をする。

「別に全部の人形をこっちに運ぶつもりじゃないよ。お母さんが大事にしていた数体だけ、ここに置きたいんだ」

隆は言うが、美智さんは絶対にここで折れてはいけないと察し、断固反対する。

「持って帰って」

「いや、ここに置く」

そんな押し問答をした挙げ句、隆は卑怯にもその決定を息子の孝司に預けてしまった。

隆は笑顔で、「パパの味方してくれるだろ?」と話し掛ける。美智さんは美智さんで、「素直に思った事を言いなさい」とは言うが、そこは気の弱い息子の事である。孝司は二人の顔を交互に眺めた後、今にも泣きそうな顔で、「うん、いいよ」と返事をする。

そうして美智さんの家の二階は、かつての実家と同じ、落ち着けない場所と化してしまった。例え僅か数体の人形でもそれは圧倒的な存在感を発揮し、見えてもいないし近付いてもいないと言うのに、確実に「ここにいる」と、二階から訴え掛けて来るのである。

夫の我が儘を承諾した代わりに、美智さんはいくつかの約束事を提示した。

人形は絶対に階下へと持って来ない。常に二階の自室へと置いておく事。そしてもうこれ以上の人形は家に持ち込まない事。そして隆さんは迷う事なくそれに同意をした。

以降、美智さんと孝司は二度と二階には行けなくなってしまった。

寝室を追い出された美智さんは、まず寝る場所を確保する事にした。

孝司の寝室は一階の物置を改造してそこを使わせる事にした。

だが美智さんの寝室はどこをどう改造しても無理だと理解し、仕方無くリビングのソファーをベッド代わりにして寝泊まりする事となった。

最初は肩が凝ったり背中が痛くなったりしたが、それでもしばらくすれば慣れて来るもので、二階から感じる例の威圧的存在感以外は、特に気にならなくなっていた。

もうその頃には隆と顔を合わせる事は稀で、姿を見掛けるのは出勤と帰宅時。そして深夜にこっそりとシャワーを浴びに下りて来る時のみ。やがて隆は二階の自室から出て来なくなっていた。

ただ一つ気になったのは、何故か日増しに階上にある人形達の存在感が増して来ている事。実際には運び込まれた人形がどの部屋にどう置かれているのかは全く見ていないので分からないのだが、妙にその〝気〟が強くなって来ている事だけが気掛かりだった。

ある日の事、パートの仕事を終えて家へと帰れば、何故か孝司は外の玄関でしゃがみ込んでいた。

「孝司？」と名前を呼べば、息子はくしゃくしゃの泣き顔で、「もう家に入れないよ」と言うではないか。

ドアを開ける。いつもにも増して、臭くて冷たい風が流れ出て来る。

そして美智さんは悲鳴を上げた。玄関の向こう側、二階へと続く階段の上一杯に、雛壇よろしく人形が並べられていたのだ。

美智さんは半ば狂ったかのような大声で夫の名前を呼んだ。すると隆はいつも通りな薄笑いを浮かべ、人形を踏まないように丁寧に階段を下りて来た。

しばらくまともに顔を合わせていなかった夫は、ひどいなりだった。髪も髭も伸び放題で、その服装も薄汚れたジャージの上下である。

「この人形はどうしたの！？」

「実家にあったものだけど」

「階下には持って来ないって約束でしょう！」

「階段部分はまだ二階じゃない？」

さも可笑しそうに隆は笑う。その顔を見る限り、どうにも話を噛み合わすつもりは無さそうに思える。

「もう人形は持ち込まないって言ったじゃない」

言うと夫は、「もう実家は無いんだ。なら人形はここに置くしかない」と、開き直った顔でそう返すのだ。

その後、美智さんはすぐに実の妹の所に電話をして、今夜一晩泊めてもらえないかと相談をした。

そして妹夫婦の承諾を得ると同時に、美智さんは息子を連れてすぐに家を出た。

妹は何度もしつこいぐらいに離婚を勧めて来た。それには美智さんもほぼ同意だった。

だが離婚をすれば当然、生活面で厳しくなる。結局、別の要因で生活が成り立たなくなってしまうのであればどうしようもない。

それにあの家は生前に父が建ててくれたものだ。普通ならば離婚をすると同時に夫の方が出て行くのが筋だろう。でももしそうなったとして、残された人形はどうなるのだろうか。例え綺麗さっぱり人形を処分したとしても、一度あの感覚に染まった家が元通りになるとは全く思えない。

美智さんは、離婚だけは最後の手段と自分に言い聞かせ、息子の孝司だけを妹の所に残して自分は家へと戻った。


帰ると、既にリビングは人形だらけになっていた。

隆はさも嬉しそうに、くねくねと身体を揺らしながら人形を飾っている。美智さんはそれを遠巻きに眺めながら、もう歯止めは利かないなと絶望した。

そこでふと、違和感を覚えた。果たして隆は、あんな仕草をする人であっただろうかと。

美智さんに気付き、隆は振り向く。そして目を細めながら、「お帰りなさい」と笑う。

瞬間、ぶわっと全身の毛穴が開く感覚があった。

これは義母だ――と、美智さんは察した。見掛けは隆そのものだが中身が違う。いつの間に取り代わっていたのだろう、今目の前にいるのは間違い無くキヨ子だと確信する。

思えば義母が亡くなって以来、隆は暴力どころか怒鳴り声一つ上げた事が無い。

全てはあの告別式の辺りからだと思った。すぐに感情的になる隆も大変ではあったが、今のまま義母の傀儡のようにしている隆はもっと得体が知れず気持ち悪い。

夜遅くに、隆は車に乗って出て行った。それを見送り、美智さんは古くからの友人である尾上紗季乃さんに電話を掛けた。

紗季乃さんは美智さんの大学時代の友人で、昔から霊的現象について知識が明るい子だった。当時はただ胡散臭いだけであったが、今となっては藁にもすがる思いである。

「相談があるの」と、美智さんは開口一番にそう言った。

「聞こうか」と、紗季乃さん。

どうやら紗季乃さんは仕事の都合で現在福岡にいるらしく、「すぐにはそちらに行けないけど」と言う前提で、美智さんの話を全て聞いた上でいくつかのアドバイスをしてくれた。

まずは夫が近寄れない場所を作る事。その為の護身用の焼き塩の作り方を教わった。

次に家の中の写真を撮って送ってくれと言うもの。まずは現状を見てみないと分からないとの事で、美智さんはすぐに二十四枚撮りのインスタントカメラを購入し、二階以外の全ての部屋の状況を撮ってそのまま郵送した。

焼き塩の作成はその日の内に行なった。

若干材料集めには手間取ったが、それでも購入して来た粗塩の袋一杯の焼き塩が出来上がった。リビングにはもう寝泊まりが出来ない。既にあちこちに隆が飾った人形が置かれてしまっているからだ。

仕方無く当分は孝司の部屋を使う事にして、部屋の床やそのドアの回りにうっすらと積もるようにして塩を撒いた。

焼き塩の効果はあった。見ていると、隆がその上に足を乗せた途端物凄く不快な顔をしたのだ。

美智さんはすぐに塩をリビングに撒く。ついでに一階部分は、階段から玄関へと続く廊下以外は全て塩を敷き詰めた。

次はリビングに置かれた人形の撤去だ。段ボール数箱に無造作に人形を放り込み、それらを階段の裏にあるデッドスペースに押し込んだ。

隆はそれについては何も言わなかった。どころかその箱に詰まった人形は回収する事もせず、そのままにしておくのだ。

ある晩、妹から電話があった。孝司が再び学校に通い始めたと言う話だった。

聞けば孝司は学校で何かのクラブに所属したらしく、いつも帰りが遅いのだと言う。

美智さんはそれを聞いて安堵したのだが、何故か妹の歯切れは悪く、「ただちょっと、なんか不自然と言うか……」と言葉を濁し、それ以上は教えてくれなかったのだ。

ある朝の事だ。寝不足のままベッドを抜け出し部屋のドアを開ければ、いつからそこにいたのだろう、目の前に隆が立っていた。

「ひゃっ!」と、思わず声が出た。隆は廊下に振り撒いた塩の上にまでは乗っていないが、家の廊下はそれほど広くない。手を伸ばせば充分に届きそうな距離だったのだ。

隆は笑っていた。と言うより、笑顔を顔面に貼り付かせていた。

似ていると思った。その笑い方から目の細さまで、何から何まで生前の義母そっくりであった。

「何か用?」と、美智さんは少しだけ後ずさりしながら聞く。すると隆は、何やら声にもならない程度の聞き取れない呟きを残して階段を上がって行ってしまった。

隆は前に見た以上に不潔な格好をしていた。

あの人、あんな状態で仕事に行ってるのかしら。そんな疑問を持った美智さんは、その日の昼頃、隆の会社に連絡を入れてみた。すると——

「松田さん？　いえ、もうかなり前に退職されてますが」

さすがに美智さんは驚いた。普段から会話が無いから仕方の無い事かも知れないが、そんな事はただの一度も話に聞いた事が無かったのだ。

「それっていつ頃の話ですか？」

聞けば時期的に、義母のキヨ子が亡くなる数ヶ月前のようであった。

同時にここ最近の隆の人形集めが盛んになった理由が分かった。要するに会社へと行っていない以上、一日中手が空いている訳だ。

おそらくは愛車のバンに乗り込み、思う存分あちこちに走り回っているのだろう。

当面の生活費は貯金を切り崩す事として、だがいずれ底が尽きる事を考えれば、今からでも手を打たなければならない。

パートの仕事を増やすか。それとも正社員としての仕事を探すか。思いながらする労働は思いのほか辛く、終わった頃には肉体的、精神的にもぐったりと疲弊していた。

家に帰ればもう食事も要らないと言った感じで、部屋へと向かった。

ドアを開ける。鞄も上着もその辺りに放り投げ、そして布団をめくり——絶叫した。

布団の中には子供の背丈ほどある人形が寝かされていた。おそらくは人形師が芝居で使っていたであろう人形で、色褪せて身体中の塗料が剥げ落ちている。

目が上を向き、顎が開き切っており、それはさながら断末魔の悲鳴でも上げているかのように見える。元は一体どんな姿形をしていたのだろう。もはやその片鱗すら無いぐらいに傷みきっていた。

美智さんはその場で腰を抜かしなかなか立ち上がれずにいたのだが、今の悲鳴で隆の反応が無いと言う事はおそらく家にいないのだろう。ただそれだけが救いであった。

寝かされている人形を見ながら、これは義母から自分への脅迫なのだろうと、美智さんはそう受け取った。この家にお前の居場所は無いと、そう告げているのだろうと。

震える足でキッチンに向かい、紗季乃さんに電話をする。しばらく待って電話は繋がる。

「ねぇ、なんか突然、焼き塩の効果が無くなったんだけど」

言うと紗季乃さんは、作って何日経ったのかを聞く。

「五日……ぐらいかな?」

「それじゃあもう効果は無い」と紗季乃さん。聞けばその力はとても短く、可能ならば毎日換えるぐらいが良いと言う。

美智さんはそれを聞き、さすがに無理だと思った。この量を毎日作り、そして今度は床掃除をして、また撒く。途方もない作業だと感じたからだ。

電話を終えた後、美智さんはしばらく呆然としたまま天井を眺めていた。

これから仕事を増やし、そして家では義母の亡霊との戦い。孝司もいつまでも妹夫婦の所に預けてはいられないし、夫の隆もあのままで良い訳はない。

このままだと私、殺されるな——と、本気でそう予感したと言う。

途端、殺意が芽生えた。それは子供の母であると言う自覚から来るものなのだろうか、このまま私が死んでしまったならば、今度は孝司が同じ目に遭う。それならばいっその事——

美智さんはすぐに行動に出た。前回の倍もの量の塩を買って来て、再び焼き塩作りに取り掛かる。

出来上がった塩は、粗熱も取らない内にフライパンごと手に持ち、二階へと向かう。階段上の人形は、片っ端から足で蹴落とした。そうしながら美智さんは勢いのまま、「あのババァ、もう一度ぶっ殺してやる！」と叫んだ。勢いが付き過ぎたか、最後の辺りは声が裏返った。私が殺される前にもう一度葬ってやる。中身が義母であろうとも、隆であろうとも、孝司の為に全てここで終わらせる。美智さんは本気でそう考えていた。

まずは二階の全ての部屋に塩を撒こう。次に人形の全てを廃棄する。そして最後に義母へのとどめだ。

その時の美智さんは、相当に高揚していたのだろう。もはや恐怖心など微塵も無いまま二階へと辿り着く。

だが、何かおかしい。美智さんが想像していた状況とはかなり違うのだ。もはや一階部分にまで人形が持ち込まれているのだから、二階はもっと酷い事になっているだろうと思い込んでいたのだ。

しかし二階の階段から見るその廊下部分にはまるで何も置かれておらず、以前の通りの綺麗なままの廊下であった。

拍子抜けだった。美智さんは廊下に溢れた人形を階下に投げ落とす算段までしていたと言うのに。

おかしい。思い、最初に開けたのは以前に寝室として使っていた部屋だった。

そして驚く。寝室は美智さんの記憶のままの通りであり、まるで変わりないどころか、部屋には人形の一体すらも置かれていないのだ。

次に孝司の部屋を開ける――が、やはりそこも以前の通り。そうして二階の部屋を次々と開けて行くも、どの部屋も全く変わってはおらず、人形の姿はどこにも見当たらない。

結局、人形は階段部分と一階にしか存在していなかった。

では、最初にここに人形が持ち込まれた辺りから感じていた二階からの強烈で圧倒的な存在感は一体何だったのか。

そこでようやく美智さんの殺意が揺らいだ。同時に襲い掛かる強烈な畏怖。足ががくがくと震え始め、酷い過呼吸と目眩が起きる。

――嫌だ。もうこの空間にはいられない。美智さんはまだ熱いままのフライパンを床に落とし、半ば四つん這いのような格好で階段を下りた。

違う。何かが間違っている。そんな想いが頭の中を駆け巡る。

とにかくここを出よう。妹の所に向かい、孝司と一緒にいよう。そう思った瞬間、家の中で電子音が鳴り出した。

ピンポーン――

誰か来たのだろう。見れば玄関のドアのモザイク硝子に人の影が映っている。人がいる。人に逢いたい。思いながら美智さんは転げるようにして玄関へと向かえば、誰が来たのかすらも確かめないまま鍵を開けた。

するとそこに立っていたのは、制服姿の二人の警察官であった。

警察の二人は身分証明書を提示した後、「近隣の方から騒音の苦情が出ているのですが」と告げる。

あぁ、もしかしたら今しがたの行為がうるさかったのだろうか。そう思ったが、事態は違った。

「いや実は、この家の事ではなくて――」

驚いた事に、名前が挙がったのは実家の松田家の方だった。

なんでも家の中から悲鳴や破壊音、そしてけたたましいぐらいの笑い声が一日中聞こえて来ると言う。そう言う苦情らしい。

「しかし今は私共の所有する家ではないので」

言い返せば、「確かに最近、家の所有者は変わりましたが」と前置きし、「現在はこちらにお住まいの、松田隆さん所有の家となっておりますね」と、とんでもない事を言い出すのだ。

まさかとは思った。そして美智さんは自身の迂闊さに呆然とした。

どうして実家を畳んだなどと言う夫の話を鵜呑みにしたのだろう。何から何まで裏切っておいて、信用する部分など全く無い筈なのに。

「悲鳴や物音が激しいと聞いている以上、安否の確認をしなければならないので、ご同行お願い出来ますか」

美智さんは頷く。そしてそのままパトカーに乗り込み、実家へと向かった。

もうすっかりと陽は落ち、到着する頃には完全に夜となっていた。だが実家の前には数人ほどの人が立っており、おそらくはあれが苦情を入れて来た近隣住民達なのだろうなと推測出来る。

「開けられますか?」と聞かれ、美智さんは「合鍵の場所が変わってなければ」と返しながらポストの裏を覗けば、鍵はちゃんとまだそこにあった。

鍵だけは開けた。だが玄関を開ける気にはならない。警察官にその立場を譲れば、二人は用心しながらもそのドアノブを回した。

途端、ぞろりと臭くて冷たい嫌な空気が美智さん達の横を通り抜けて行った。

おそらくは警察官の二人も、その背後に立つ近隣の方達も、美智さんと同じ空気は感じたのだろう。誰もが気圧され、一歩後ずさる。

家の中は美智さんが覚えているままの姿でそこにあった。

結局、実家の人形は全く外には出ていないのだろう。おそらく今家にある人形は全て、隆が後から買い足したものばかりなのだ。

「失礼します」と、警察官二人が框《かまち》を上がる。その後に続いて美智さんが、そしてその後に続き、近隣住民の人達も上がり込んで来た。

誰も何も言わない。きっとその家の内部の異常さに、言葉が無いのだろう。そして――

「あっ、失礼しました。我々はこう言う者で……」と、先を歩く警察官達が居間の戸を開け、そんな事を口走る。

咄嗟に、そこに誰かがいるのだと察した。そしてそれはきっと夫の隆だろうと、美智さんは思った。

だが少し様子がおかしい。警察官は、「大丈夫ですか?」と声を掛け、おそるおそる居間に踏み込んで行く。

美智さんがそれに続いて中を覗き込み、そしてその場でへたり込む。

そこにいたのは――キヨ子であった。

それはもう見間違う事もない義母の姿。こちらに背を向け顔こそは見せていないが、その羽織りの服も、油で固めたかのようなおかっぱ頭も、何もかも生前のままの義母の姿だった。

背後で悲鳴が上がる。おそらくは後から来た住民の人達だろう。中には簡素な経を読む者もおり、その場は騒然としたものとなる。だが――

「人形ですね」と警察官。美智さんが確認すればそれは確かにその通りで、等身大の関節人形に着物を着せて、かつらを乗せただけのものだった。

だが異常さは覗えた。義母を模して作られたその人形の前には、お膳に載った食事が用意されていたのだ。

しかもその食事、しっかりと手の込んだものであり、魚や味噌汁、そして白米。しかもその全ては乾ききってもおらず、その日の内に作られたものだと察せられた。

結局、家の中には誰の姿も無かった。要するにそこで悲鳴を上げたり、物音を立てたり出来る存在は何も無かったのだ。

再び玄関は閉じられる。そして警察官が帰ると同時に、居残った近隣の人々が、「話を聞きたい」と美智さんにそう言うのだ。


美智さんはその中の一人である中年の女性の家へと向かった。

同行した人は計三人。どの人も、生前の義母とそれなりに交流のあった方々だったらしい。

そこで美智さんは、未だに隆が実家に出入りしている事実を聞いた。と言うよりも、もはやそこに住んでいるだろうと言うぐらいに頻繁に訪れるらしい。

「その度に聞こえるんですよ。悲鳴やら、物を壊すような音」

それを気にする近隣の人々は都度家を訪ねて玄関の戸を叩くのだが、一向に応えは無いと言う。

「でもねぇあの悲鳴、なんとなくだけど、キヨ子さんの声なんだと思うのよね」

主婦の一人がそう言った。——馬鹿な、と思ったのはどうやら美智さんだけらしい。他の全員は、その意見に頷いていた。

「だって母は……」

「亡くなったのは知ってるけど」

それでも義母の声に聞こえると誰もが言う。

理由もあった。大昔、まだ夫の昌幸が生きていた頃、近隣の人々はいつも聞いていたそうだ。物騒な物音と、暴力を振るわれて悲鳴を上げる義母の声を。

「そんな」

初耳だった。そんな話は隆ですらした事が無い。だが良く良く聞いてみると、誰もの話が一致しており、とても嘘だとは思えなくなって来る。

元々、人形集めに昂じていたのはキヨ子の夫の昌幸らしい。

だがその事を良く思わず、ある時キヨ子がその趣味について反対した所、突然に昌幸の暴力が始まったと言う。

「それまでは全く怒る事なんかしなかった人なのよ」

聞いている内、それは自分自身と隆との関係にだぶり始めた。

キヨ子は、夫が集めて来る人形を大層怖がり、そして嫌がった。だが夫の暴力の方が余程脅威だったらしく、自然キヨ子の方が折れる形となった。

義母は、まだ小さかった息子の隆と一緒に、良く玄関先で泣いていた。その都度、近隣の人達が自分の家に泊めてあげるなどして庇ったと言う。

「でね、ある時、事件が起きて」

玄関先で暴力を振るわれたキヨ子が、今度はその矛先が隆に降り掛かろうとした時だったらしい。

必死でそれを守ろうとするキヨ子に突き飛ばされたかどうかして、夫の昌幸は玄関から落ち、強く頭を打った。

昌幸は、即死だった。

「でも、普段の生活は誰もが知っているからねぇ」

捜査の結果、キヨ子が罪に問われる事は無かった。息子を助けようとする一心での事として、正当防衛が認められたのだ。

そして――キヨ子は変わってしまった。

それはさながら生前の夫の行動さながらで、夫の貯金や財産、そして生命保険の全てを使ってまで人形集めに昂じるようになってしまったと言う。

そして美智さんはもう一つ、知らなかった事実を聞いてしまった。

夫の隆は、義母の産んだ子供ではなかったらしい。と言うより、その夫婦間には子供が出来なかった。

「もう小学校の高学年ぐらいだったかと思うよ」

隆は養子であった。一体どこから連れて来られたのか、二人の子供として引き取られて来たと言うのだ。

息が詰まる。美智さんは次々と出て来る知らなかった情報に、全身を粟立てる。

最初は、隆の身体にキヨ子が乗り移ったと思っていた。だが最初に隆の内に憑依したのは、もしかしたら父親である昌幸の方ではなかったか。何をどう聞いても、隆は引き取られた両親に、今もまだ振り回されているような感があった。

夜遅くに、美智さんは自宅へと戻った。

家は真っ暗で、どの部屋にも照明は灯っていない。

隆は帰って来ていないのだろうと思い、玄関を上がる。そして——見付けた。一階の寝室の前、振り撒いた塩を指でなぞったかのように浮き出て見える文字。

〝たすけて〟

一瞬で悟った。隆の書いた文字だと。

そして気付く。いつだったか、明け方に部屋を出ると、そこでこちらを見る隆と遭遇した。

その時、隆は声にもならない声で何かを呟いていた。もしかしたらそれは、そこに書かれた文字と同様、「助けて」だったのではないだろうか。

なんとかしなきゃ。美智さんはそう思った。

悪いのは夫ではなかった。亡くなった今もまだ、血の繋がらない息子を傀儡のように操っている両親の方だ。

そこに突然電話が入る。表示を見れば、福岡にいる紗季乃さんからだった。

「もう少しすればそっちに帰れる」と、彼女は言う。

助かるとは思いながらも、その数日をどうやって過ごせばいいのだろうか。とりあえず美智さんは、ここ数日に起こった出来事を全て彼女に話して聞かせた。

「——だからね、きっとその両親の魂が隆を操っているんだと思うの」

言うが紗季乃さんは、「うぅん」と唸り、そうだとも間違っているとも言わない。

「私ね、もう一つ可能性があるんじゃないかなって思うんだ」とは、紗季乃さんの言葉。

どう言う事だと訊ねると、紗季乃さん曰く、「旦那さんを操っているのが両親では無かった場合の事」と言う。

意味が分からない。じゃあ一体誰がそんな事をしているのだと問う。すると――

「それこそ、旦那さんの両親もまた、〝誰か〟に操られていたんじゃないかなって、私は思うんだよね」

紗季乃さんの推理はこうだ。

かつて、子供のいなかった松田家夫婦の元に養子の話が舞い込んだ。

さて、その子を引き取る所までは良かったのだが、その前後で家庭をぶち壊してしまうぐらいに凶悪な呪物が家に持ち込まれた。

――人形である。

もしかしたら子供の代わりにと、寂しい夫婦の間で申し合わせて買って来たものかも知れない。

逆に、引き取る子供を喜ばせようと購入したものかも知れない。

理由はどうであれ、その人形は自身で意思を持つ狡猾で冷酷なものだった。

「美智から送られて来た写真を見て思ったんだ。これはコレクションじゃないなって」

紗季乃さんは語る。

「普通、趣味で集めるものには必ず統一性があるんだよね。とある範囲の時期に作られた物や、とあるジャンル、同じ作家の手によるものとかね。だけどあなたの旦那さんが集めて来たものには全く統一性が無い。あるとしたならばそれは、人の形を模した人形であると言う一点だけ」

じゃあ――それはどうして集められたの？　美智さんが唾を飲み込みそう聞くと、紗季乃さんもまた言うのが躊躇われるのか、一呼吸置いてこう言った。

「集めているのは、〝同属〟なんだと思う」

ゾクリとして美智さんはそこで通話を切った。

とんでもない話だ。荒唐無稽で非常に馬鹿馬鹿しい推測だ。

だが――理解は出来る。おそらくはそれこそが真実なのだろうと。

「美智」と、そこで突然声が掛かる。思わず美智さんは悲鳴を上げた。

誰もいないと思い込んでいた真っ暗なままのリビングに、隆はいた。おそらくは二階から拾って来たのだろう美智さんが落としたフライパンがテーブルの上に載っていた。

「隆？」と美智さんが聞くと、おそらくは自我状態のままの隆なのだろう。小さく頷き、「電話、誰から？」と聞いて来る。

しかし美智さんはその問いには触れず、「今、お話出来る？」と聞けば、隆はまたも小さく頷き、「俺も話がしたい」と言う。

リビングの明かりを点け、前に隆が良く飲んでいたホットウィスキーを二つ作り、美智さんは差し向かいでそれを呷った。

「単刀直入に聞くわ。あなた――この人形の群れの元凶、知らない？」

聞けば隆は美智さんの言わんとしている事が理解出来たのか、しばらく悩んだ挙げ句に、「分からない」と言う。

「だが多分、それは実家にある人形のどれかだと思う」

どうしてと、聞かなくても分かる。始まりはあの家からなのだ。探さなくてはならない人形は、この家には無い。

「探せる？」

聞くと隆は、「探してみる」と言う。

今度こそ美智さんは、「一緒に行こう」と言った。だがそれは断られた。

「全部俺のせいだから。俺一人で探す」

隆は頑なに美智さんの同行を拒み、その夜の内に実家へと向かって行った。

そして美智さんが夫の姿を見たのは、それが最後となってしまった。

＊

——このお話を筆者が聞いたのは、二〇二二年の九月の事だった。

どうして今日までこの話が発表されなかったかと言うと、この話を語ってくれた尾上紗季乃さんからの連絡が途絶えてしまっていたからだ。

そう実はこのお話、終始美智さん目線で語られて来たものであるが、実際に筆者が伺ったのは美智さんの同級生である紗季乃さんの方からだったのだ。

つまりは美智さんが語った話を、紗季乃さんが文章に起こし、筆者に送った――と言う間接的な話なのである。

そしてお話は上記の部分からもう少し加筆され、夫の隆さんが実家へと向い、元凶たる人形を見付けて自らの命と引き換えに家族を守ったのではないか――と言う、我々の推測だらけの実に曖昧な表現で話は終わっていた。

だが書き終わって以降、紗季乃さんと連絡が取れない。これだけ驚くべきお話だと言うのに、書き終わった文章の掲載許可を貰えないまま音信不通になってしまっていたのだ。

筆者は娘の沫と話し合い、掲載するかどうかでさんざ悩んだ挙げ句、不掲載と言う形で今日まで仕舞われていた訳である。

それから約二年程の時間が経ち、ようやく紗季乃さんから連絡が来た。

驚いた事に、紗季乃さんからのメールの冒頭には、〝松田家に巣くう呪物を見付けました〟と言う一文から始まっていた。

この時点で、私の推測した物語の結末は間違っていた事を知る。

驚くべき事に呪いはまだ終わってはいなかった。今尚、それは継続されていたのだ。


――さて、ここで筆者サイドのお話は終わりである。

最終話は訳あって、このお話の案内役を娘の沫へと引き渡す事とする。

物語は筆者同様、沫の一人称視点で語られる事、お許し願いたい。

第九十九夜　傀儡の家・沫編

沫

――尾上紗季乃さんとの連絡が取れなくなり、約二年もの歳月が流れた。

大概このお話はお蔵入りだろうなと思えた頃、父の筆者が興奮した顔で、「ようやく連絡が届いた」と私に告げに来た。

転送されたメールを見て、私も心底驚いた事を覚えている。事実はおそらく、筆者が憶測で書き終えた文章の結末と同様であっただろうと思い込んでいたからだ。

だが、〝松田家に巣くう呪物を見付けました〟から始まる彼女のメール。その内容が語る真実は、我々の想像を遥かに超えていた。

紗季乃さんはその空白の二年の間でずっと入退院を繰り返しており、なかなか連絡を取る事が出来なかったと話している。

「退院しては神仏にすがり、お祓いを試みました」とは、紗季乃さんとの電話でのやり取りの内容。やはりと言うか、紗季乃さん自身の不調は松田家にあった呪物と接触してしまった事に辿り着くらしい。

紗季乃さんは筆者が記した本文の中でも触れられている通り、美智さんとは大学時代からの知り合いで、家も比較的近くにある。

美智さんより、「夫の事で相談があるの」と電話が来た瞬間から、彼女は何か〝マズいものに触れた予感〟があったと言う。

そこで紗季乃さんはその会話の一部始終を録音し、文に起こした。そして我々の管理する〝みっどないとだでぃ〟にそれを送って寄越した経緯は、「自身に何かがあった時の保険」だったそうだ。したがってその記録の文章はほぼリアルタイムのものであり、美智さんに聞いたままの出来事が綴られている。

そしてある晩、「夫が家を出て行った」と言う連絡が美智さんから来た。

その内容は深刻なもので、「なんだかもう隆とは会えないような気がする」と美智さんは言っていたそうだ。

要するに、筆者が書いた本文のラストの部分がそれに相当する。

そしで紗季乃さんはそこまでの出来事を一旦区切りとし、急いでその事を文章にまとめて我々に送る。そしてその日の内に、地元へと戻るよう帰路に就いたらしい。

彼女から連絡をもらったその一週間後、私はN県へと飛んだ。もちろん尾上紗季乃さんに逢う為だ。

紗季乃さんはかなり華奢な体躯の人だった。

悪く言えば痩せぎすと言った感じで、その表情もどこか暗い感じを受ける。

「笑っちゃいますよね。今まであれだけダイエットに失敗して来たって言うのに、ここ二年で体重は半分以下になっちゃったんですから」と、紗季乃さんは苦笑する。

「まずはどこから話せばいいですかね」

そう言って紗季乃さんは印刷した写真を数枚、私に見せてくれた。写真の風景はどれもどこかの家の中を写したものらしく、一見して異常とも思えるほどの人形が飾られていた。

「これは全て、美智が私に送って来たものです」

なるほどと思う。紗季乃さんが推理した通り、その人形にはまるで統一性が無く、収集の目的があって集められたもののようには見えない。ただ乱雑に、人の形をしたものを掻き集めて来ただけの印象しか持てなかった。

「結局私は、美智と再会する事は叶いませんでした」

紗季乃さんが地元へと戻った時点で美智さんは失踪しており、行き先が掴めなかったそうなのである。

仕方無く紗季乃さんは一人でその事件を追う事にした。美智さんの夫である隆さんは、おそらく本人の言葉通り一人で松田家の実家へと向かい、元凶たる〝呪物人形〟を探したのだろうと察せられる。

だがそれは見付からない。どれもそれらしく見えるし、逆にどれもそうは見えない。結局隆さんが取った行動と言うのは驚くべきもので、探し出せない以上全てを葬るつもりだったのだろう。家に火を放ったのだ。

その一件はリアルタイムで紗季乃さんも知っていた。ちょうど福岡から帰っている最中の夜行バスの中で、美智さんからの最後の連絡が入っていたからだ。

『実家が全焼した。夫も火に巻かれて亡くなった』

それが、美智さん失踪の直前の連絡であった。

しかし実際には、全身に大火傷を負いながらも隆さんは生きていた。

「今もまだ隆さんは病院での治療を続けながら、身柄は警察の方で拘束したままです」

近隣の住民達の声もあり情状酌量されるとの噂だが、日本の法律で放火の罪は重い。実刑は免れないだろうとの話だ。

「それで、美智さん自身は——?」

聞けば、紗季乃さんは一呼吸置き、「亡くなりました」と告げる。

失踪から三日後、美智さんは近隣の林の中で発見されたそうだ。

驚くべき事に、筆者が本文の最後に記した、「美智さんが夫の姿を見たのは、それが最後となってしまった」と言う一文は、我々の想像とは全く逆の立場にて当たってしまっていたのである。

美智さんは現場の様子からすぐに自死と判断されたが、遺書らしきものは見付かっていないと言う。

「じゃあ、美智さんの自殺の原因は?」

「全く分かりません」と紗季乃さん。

憶測ならばいくらでも考えられる。夫が亡くなったと聞いて絶望したか、とうとう精神に限界をきたしたかと。だが美智さんは母である。到底、息子を一人置いてそのような真似をする訳がないと私は思った。

「それで、息子の孝司君はどうなっているんですか?」

聞けば紗季乃さんは、「そこなんですよ」と顔を曇らせる。

父は病院からの収監。そして母は自死。そうなれば孝司さんは孤独の身の上となってしまう筈。

但し、今現在孝司さんを預かってくれている妹夫婦がいる。おそらくはそこで生活を続ける事になるのだろうと思い、紗季乃さんは伝手を辿ってその家を突き止めた。

逢った所でどうにかなるものではないのだが、間接的にも関わってしまった以上、顔だけでも見ておこうかと紗季乃さんは思ったそうだ。

美智さんの妹さんとは全く面識が無かったのだが、かつての同級生であり、一連の出来事で相談を受けていたと言う事を紗季乃さんが話すと、妹さんはまるで疑う事無く家に上げてくれた。

美智さんは失踪する直前、この家に来ていたそうだ。どうしても確かめておきたい事がある――と言いながらやって来て、そして僅かな時間だけここにいた後、そのまま行方不明となってしまったそうなのである。

そして三日後、遺体となって発見された。だがその動機については妹さんにも分からないらしい。

「孝司君はうちの養子にします」とは、その妹さんの言葉。

夫婦間に子供はおらず、夫も引き取る事に対しては全く反対しなかった。

ただ紗季乃さん的に不安はあった。と言うのもその家、一見してだらしがない――と言うか、どこを見ても片付けや掃除が行き届いていない印象が強く、物が溢れ返って見えるのだ。

特に目に付くのが、〝人形〟だった。至る所に大小さまざまな人形が飾られており、やけにその視線が気になるのだ。

嫌な感じがする——と思った紗季乃さん。話もそこそこに切り上げて退散する。

玄関先でいくつかの社交辞令を交わした後、紗季乃さんは、「孝司君にお会いしたかったです」と告げた。すると——

「何言ってるんですか。ずっと部屋にいたじゃないですか」

ふと、視線がその廊下から続くリビングへと移る。

そこで紗季乃さんは見てしまった。膝を抱えて座る、木製の古びた人形を。全身の塗料が剥げ落ちた、芝居用の大きな人形。そして思い出される美智さんの言葉。

『布団をめくったら、大きな人形が寝かされていたの』

あぁ、きっとあれがそうなのだと、紗季乃さんは悟った。

玄関のドアが閉じる。家の門をくぐり、外を出た瞬間にそれは襲って来た。全身を駆け抜ける〝怖気〟である。

——触れてしまった。

そう感じた紗季乃さんは、そのまま神社へと赴いたのだ。

紗季乃さんの運転する車の助手席で揺られながら、「祓い切るのに二年も掛かったんです」と聞いた。

祓っては体調を崩し、二度もの大病を経て臓器のいくつかを摘出し、退院するとまた神仏にすがると言う日々だったそうである。

まず最初に、美智さんと隆さんが住んでいたと言う家へと向かった。家は既に人手に渡り、今は別の家族が住んでいる。二階のベランダに洗濯物が干されているのだが、その中には幼い子供がいるのだろう、キャラクターものの衣服が吊るされていた。

「大丈夫なんですかね」と私が聞けば、「知らないです」と紗季乃さんは言う。

そうして車を発進させながら、「知らなくていいんです」と、まるで自戒でも込めたかのような言葉でそう言った。

次に向かったのは松田家の実家の方であった。驚いた事に、家は現存していた。隆さんが家に火を放ったと言うのは嘘ではないらしいのだが、美智さんの、「全焼した」と言う下りは間違っていたようだ。

家の玄関、窓と言う窓全てには板が張り付けられており、全く出入りは出来そうにない。だがそこから立ち上ったのだろう炎の跡が、黒い煤となって今も残っている。

最後に、美智さんの妹夫婦が住んでいた家へと向かった。どうやら紗季乃さんは相当にその家を怖がっているらしく、かなり離れた場所で車を停め、そこから様子を伺うだけであった。

「もう誰も住んでいません」

妹夫婦は突然失踪をした後、今も尚行方不明のままだと言う。

遠くからでもそれは分かる。それはどう見ても人の住まない廃墟そのもので、郵便受けからは葉書や封筒が溢れ出し、庭は雑草が伸びるままとなっていた。

「じゃあ、孝司君は？」

聞けば紗季乃さんは一通の紙片を取り出し、「そんな子は最初からいなかったんです」と告げた。渡された紙片は、松田家の戸籍謄本であった。それは後に、入院中の隆さん本人に会い、委任状をもらった上で紗季乃さんが取り寄せた謄本らしい。

まず隆さんが松田家の養子であった事は事実だった。そしてその事は、隆さん自身が知らなかった話であったらしい。

「そして――ここを見てください」と、紗季乃さんは美智さんの名前の下を指差す。

二人の間に、孝司と言う名の子供はいなかった。いや、いるにはいたが生後間もなく亡くなっていたのだ。

その件についても、紗季乃さんは隆さんに問い質した。「いつから〝それ〟を、自分の子供だと思っていたんですか？」と。

するとは隆さんはベッドに横たわりながら、「いつからだろうなぁ」と溜め息を吐き、そして――

――

「思えば僕が小さい頃から、ずっと傍にいたような気がする」と呟いたと言う。

さて、ここから先は私と紗季乃さんの勝手な憶測である。

〝それ〟は最初、隆さんの父である昌幸氏が、どこからか入手して来たものだった。

元より意思が存在していたのか、それとも隆さんを養子にもらったのをきっかけに目覚めてしまったのか。〝それ〟は自我を持ち、松田家の人々を操り始めた。

まず、昌幸氏の暴力性だ。やがてその暴力に耐えられなくなった妻のキヨ子が、夫に反抗して死なせてしまう。

次にキヨ子自身が操られた。あれほど忌み嫌った人形を、今度は集める側になってしまったのだ。

そして今度は子供である隆さん自身へと伝染する。隆さんは父と同じ暴力性を持ち、人形を集める母を助ける。

やがて隆さんは大人になり、美智さんと言う女性と知り合う。二人は結婚を果たし、子供を授かる——が、生まれて間もなく息を引き取る。

そして〝それ〟は、亡くなった子供に成り代わり、〝孝司〟となった。

いつから美智さんは〝それ〟を自身の子供と思い込んでいたのか。もしかしたら美智さんが失踪をする前の日、妹の家に訪れたと聞いてはいたが、その際に今までずっと息子だと思っていたものこそが、〝それ〟であると悟ってしまった。

つまりは彼女が元凶として恐れた〝呪物〟が、ずっと自身と一緒にいた事に気付き、そしてそれを絶望した美智さんは、自死を選んでしまったのではないだろうか。

実際、そんな出来事が本当にあったのかどうかは分からない。もしかしたらその全ては子供を亡くした夫婦の虚言か作り話かも知れない。

但し少しでも〝それ〟と関わってしまった者は、皆が皆、不幸な結末を迎えている。

「一応ですが、もう一度見てみますか？」

紗季乃さんは先程、私に見せてくれた例の写真の束を取り出した。

あらためて見てみれば、〝それ〟は写真の数枚に写り込んでいた。

芝居用の木製の人形。色は剥げ落ち、その表面はささくれだっており、いつの時代のどんな芝居に使われたのか。果たしてそれが活躍していた頃はどんな外見をしていたのか。それを推理する事も出来ない程に汚れて古びたその人形は、写真の中で膝を抱えてうずくまっていた。

紗季乃さんとは、お逢いした時同様、最寄りの駅で別れた。

そして私は揺れる電車のシートに座りながら考えた。間接的にもこれを見てしまった自分は、果たして〝関わった者〟の内に含まれるのであろうか。

かつて〝孝司〟と呼ばれた呪物は、今も行方知れずのままである。

★読者アンケートのお願い

本書のご感想をお寄せください。
アンケートをお寄せいただきました方から抽選で
5名様に図書カードを差し上げます。
（締切：2025年5月31日まで）

応募フォームはこちら

# 呪家百夜

2025年5月7日　初版第1刷発行

著者……沫、筆者
カバーデザイン……橋元浩明（sowhat.Inc.）
本文DTP……延澤武

発行所……株式会社 竹書房
〒102-0075　東京都千代田区三番町８－１　三番町東急ビル６F
email：info@takeshobo.co.jp
https：//www.takeshobo.co.jp
印刷所……中央精版印刷株式会社